KB096397

아름다운 인생 동화

The Loveliest Fairytale

한스 크리스티안 안데르센, 오스카 와일드, 레프 톨스토이

아름다운 인생 동화

The Loveliest Fairytale

한스 크리스티안 안데르센, 오스카 와일드, 레프 톨스토이

박선주 편역

도서출판은혜의강

마음에 간직하고 싶은 아름다운 인생의 동화들이 참으로 많습니다.
그 가운데서 평범한 우리의 인생이야말로 가장 아름다운 진짜 '인생 동화'인 듯싶습니다.

동서고금의 많은 이들이 사랑하는 세 작가의 동화 또는 단편에서 우리의 인생을 그린 또는 인생을 생각하게 하는 작품들을 선별해 한 권에 엮었습니다.

각자에게 주어진 하나뿐인 인생을 살아가는 모든 이들이 위로와 용기를 얻고 삶의 의미와 목적, 기쁨과 희망을 되찾기를 바랍니다.

| 차례 |

한스 크리스티안 안데르센

바다 끝에서 008

하나님은 죽지 않으신다 014

대단한 일 018

온 가족이 말했다 033

작가와 작품 소개 040

오스카 와일드

행복한 왕자 045

저만 알던 거인 069

작가와 작품 소개 080

레프 톨스토이

사랑이 있는 곳에 하나님이 계신다 085

작가 및 작품 소개 120

한스 크리스티안 안데르센

바다 끝에서
하나님은 죽지 않으신다
대단한 일
온 가족이 말한 것

바다 끝에서

몇 해 전 대형 선박 여러 척이 북극으로 파견되었다. 탐사대는 바다 끝 북극으로 나아가 해안지방을 탐사하고, 인간이 어디까지 들어갈 수 있는지 조사하는 임무를 맡았다. 이 선박들 가운데 한 척은 눈과 얼음을 헤치며 계속 북쪽으로 항해한 지 1년이 훨씬 넘었고, 그동안 선원들은 많은 역경을 견뎠다. 마침내 기나긴 겨울이 시작되고 햇빛도 완전히 사라졌다. 앞으로 여러 주 동안 밤이 지속될 터였다. 시야가 닿는 사방으로 보이는 것이라곤 빙판뿐이었고, 탐사선은 얼음에 둘러싸여

꼼짝달싹 할 수 없었다.

어마어마하게 쌓인 눈으로 선원들은 벌집 모양의 오두막을 지었다. 어떤 것은 훈족의 무덤처럼 크고 널찍했고 또 어떤 것은 겨우 서너 사람만 간신히 들어갈 정도의 크기였다. 그러나 그렇게 어둡지는 않았다. 북극광이 빨간 또는 파란 광선들을 내뿜어 마치 불꽃놀이가 계속되는 것 같았고, 흰 눈 또한 빛을 반사하면서 주변을 환하게 밝혔다. 그래서 이곳의 밤은 꼭 오래 이어지는 황혼녘 같았다.

달이 밝을 때면 현지인 여럿이 선원들을 보러 왔다. 거친 털 모피를 두르고 눈썰매를 타고 오는 그들의 모습은 매우 독특했다. 그들이 가져온 풍부한 모피와 가죽 덕에 선원들의 눈으로 만든 집 안에는 금세 따뜻한 깔개가 깔렸다. 고향의 겨울과는 비교할 수 없을 만큼 혹독하게 추운 북극 지방의 눈 덮인 지붕 아래지만, 선원들은 모피로 몸을 둘둘 감싸고 잘 수 있었다. 그즈음 고국은 아직 늦가을이었다. 선원들은 먼 타지에서 고국을 생각했고, 고향집의 낙엽을 마음속으로 자주 그려 봤다. 그들의 시계는 저녁을, 곧 취침 시간을 가리켰다. 사실 현재 그들이 있는 지역은 늘 밤이었지만 말이다.

그런 오두막 하나에 두 사내가 누워 쉬고 있었다. 젊은 쪽은 자신이 가장 아끼고 좋아하는 보물인 성경을 집에서부터 갖고 왔다. 탐험을 떠나올 때 할머니가 주신 것이었다. 젊은이는 신성한 성경을 머리 밑에 두었는데, 어린 시절부터 읽어 와 내용을 익히 잘 알고 있었다. 날마다 성경을 읽었기에, 차가운 침상에 몸을 뻗고 누우면 머릿속에 말씀들이 떠올랐다.

"내가 저 동녘 너머로 날아가거나 바다 끝 서쪽으로 가서 머무를지라도 주님의 손이 나를 인도하여 주시고 주님의 오른손이 나를 힘 있게 붙들어 주십니다."(시편 139편 9-10절)

그는 신성한 말씀이 북돋는 믿음 안에서 잠이 들었고, 그의 영혼은 꿈속에서 하나님을 만났다.

몸이 쉬는 동안 그의 영혼은 살아 활동했다. 젊은이는 자기 속에 있는 영혼의 움직임을 느꼈는데, 그것은 잘 아는 소중한 멜로디와 같았고 여름에 스치는 산들바람 같았다. 침상 위로 환한 빛이 비쳤다. 눈 지붕을 곧장 통과해 내려오는 빛 같았다. 그는 고개를 들어 보았는데, 눈부신 밝은 빛은 흰 눈이 반사된 것이 아니라 빛나는 얼굴로 그를 응시하고 있는 거대한 천사의 날개에서 쏟아져 나오는 빛이었다.

천사는 백합의 꽃받침에서 나오듯 성경책의 갈피에서 솟아 나왔다. 천사가 팔을 벌리자 오두막의 벽은 마치 빛과 안개로 만들어진 듯 사르르 녹아내리고, 그 자리에 상쾌한 가을날의 햇볕이 포근하게 내리쬐는 고향의 푸른 언덕과 목초지, 붉은 빛이 도는 숲이 펼쳐졌다.

황새 둥지는 비어 있었다. 잎이 다 진 야생 사

과나무에는 잘 익은 열매들이 아직 매달려 있었다. 생울타리에는 붉은 들장미들이 비쳤고, 농가 창밖에 걸린 초록색 새장에서는 찌르레기가 젊은이가 가르쳐준 곡조에 맞춰 찌르 찌르릇 노래했다. 그곳은 젊은이의 고향집이었다. 할머니는 손자가 하던 대로 새장 주변에 먹이를 걸어 놓았다.

젊고 고운 마을 대장장이의 딸이 우물에서 물을 긷고 있었다. 그녀는 할머니에게 고개를 숙여 인사했고, 할머니 역시 그녀에게 고개를 끄덕 하고는 멀리서 온 편지 한 통을 손으로 가리켰다. 그날 아침 추운 북쪽 지방에서 편지가 도착한 참이었다. 북쪽 지방에서는 고향을 떠나온 젊은이가 하나님의 보호하시는 손 아래서 단잠을 자고 있었고, 고향의 아가씨와 할머니는 편지를 읽으며 웃고 울었다. 그리고 멀리, 얼음과 눈 가운데서 천사의 날개 그늘 아래 있는 젊은이 또한 영으로 그녀들과 함께 울고 웃었다. 꿈속에서 그 모든 것을 다 보고 들은 것이다.

그녀들은 편지에 적힌 성경 말씀을 큰소리로 읽었다. "바다 끝 서쪽으로 가서 머무를지라도 주님의 손이 나를 인도하여 주시고 주님의 오른손이 나를 힘 있게 붙들어 주십니다."

잠든 젊은이 위로 천사가 큰 날개를 펼치자 아름다운 음악과 찬송이 울려 퍼졌다. 이내 환상이 사라졌다. 눈 오두막 안은 다시 어두워졌다. 그러나 젊은이의 머리맡에는 여전히 성경책이 놓여 있었고, 그의 마음속에는 믿음과 소망이 깃들었다. 하나님이 그와 함께 계셨으며, 그는 비록 바다 끝에 있었지만 마음으로 고향에 다녀왔다.

하나님은 죽지 않으신다

주일 아침이었다. 밝고 따뜻한 햇살이 방 안으로 쏟아지고 온화하고 상쾌한 공기가 열린 창문으로 흘러 들어왔다. 하나님의 파란 하늘 아래, 푸른 잎과 꽃들로 덮인 들판과 목초지에서는 온갖 작은 새들이 즐겁게 노래했다. 바깥은 구석구석 기쁨과 행복으로 가득했지만 집 안은 슬픔과 비참이 자리 잡고 있었다. 항상 기뻐하던 아내조자 그날 아침은 풀이 죽은 채 아침상 앞에 앉았다. 한 술도 뜨지 않은 아내는 이내 눈물을 훔치며 자리에서 일어나 문 가로 걸어갔다.

이 집은 그야말로 저주라도 걸린 듯한 분위기였다. 식량 비축량은 주는데 물가는 계속 오르고, 세금 부담도 갈수록 커갔다. 집안의 재산은 해마다 줄어, 현재는 가난과 비참밖에 내다보이지 않았다. 이런 상황으로 인해 남편은 항상 열심히 일하고 법을 잘 지키는 시민임에도 오랫동안 낙심해 있었다. 앞날에 대한 걱정으로 절망했고, 비참하고 희망 없는 삶을 그만 끝내려고 한 적도 여러 번 있었다. 늘 밝은 아내의 위로의 말도, 친구들의 세상적인 또는 종교적인 갖가지 조언도 그를 돕지 못했다. 남편은 점점 더 말수가 줄고 슬퍼하기만 할 뿐이었다. 결국 아내 역시 용기를 잃은 것도 이해가 되는 상황이었다.

그렇지만 그녀가 슬퍼하는 데는 다른 이유가 있었다. 아내의 이야기를 들어보자.

아내가 슬픔이 가득한 얼굴로 방을 나가려 하자 남편이 아내를 멈춰 세우고 말했다. "왜 그러는지 말해 주기 전에는 나가게 둘 수 없어요."

아내가 한숨을 쉬며 말했다. "여보, 간밤에 꿈을 꿨는데 하나님이 죽었어요. 그리고 천사들도 다 하나님을 따라 죽었지 뭐예요!"

"어떻게 그런 터무니없는 일을 믿을 수 있어요!" 남편이 대꾸했다. "하나님은 결코 죽지 않으신다는 걸, 당신도 알지 않아요!"

착한 아내의 얼굴이 기쁨으로 환해졌다. 그리고 남편의 두 손을 다정하게 꼭 쥐며 외쳤다. "그럼 우리 하나님이 지금도 살아계신 거지요!"

"당연하죠. 대체 왜, 아니 어떻게 그걸 의심했어요?"

아내는 남편을 꼭 껴안고 애정 어린 눈으로 바라봤다. 눈에는 확신과 평화, 기쁨이 가득했다. "그런데 여보, 우리 하나님이 지금도 살아 계신데 왜 우린 그분을 믿고 신뢰하지 못하죠? 하나님은 우리의 머리털 하나까지 다 세고 모든 것을 다 알고 계셔요. 들의 백합화를 아름답게 옷 입히시고 참새와 까마귀를 먹이시죠."

아내의 말을 듣던 남편은 눈에서 덮개가 걷히고 가슴을 짓누르던 무거운 짐이 떨어져 나가는 것을 느꼈다. 남편은 아주 오랜만에 미소를 지었다. 남편이 하나님에 대한 믿음과 신뢰를 회복하도록 이런 묘책을 짜낸, 사랑스럽고 독실한 아내가 고마웠다. 방 안에 들어온 햇살이 행복한 부부의 얼굴을 한층 더 다정하게 비췄다. 온화한 미풍도 그들의 미소 지은 볼을 어루만졌고, 새들은 소리 높여 노래하며 진심으로 하나님께 감사했다.

대단한 일

"**나**는 중요한 사람이 될 거야." 오형제 중 첫째가 말했다. "세상에 필요한 사람이 되고 싶어. 직업이 보잘것없어도 사람들에게 쓸모가 있는 일을 한다면 중요한 사람이겠지. 그래서 말인데, 난 벽돌 제조공이 되고 싶어. 벽돌은 사람들에게 꼭 필요하니까, 벽돌 제조일은 뜻 있는 일일 거야."

"맞아. 하지만 형은 야망이 너무 작아." 둘째가 대꾸했다. "벽돌 따위로 뭘 하겠어? 난 차라리 벽돌 쌓는 사람이 되겠어. 최소한 그 정도는 돼야 직업이라 할 수 있잖아. 그러다가 차차 십장이 되고 도편수가 될 거야. 나중에는 밑에 일하는 사람들도 두고, 내 아내는 도편수의 부인이라 불리겠지."

"벽돌 쌓는 사람도 별거 아니야." 셋째가 나섰다. "그리고 십장이 된다 해도 평범한 서민에서 벗어날 수 없어. 난 그보다 더 나은 직업을 알아. 바로 건축가지. 나는 지성으로 생각하며 살 테야. 예술에 종사할 거라고. 정신의 왕국에서 일류가 되겠어. 처음에는 고생스럽겠지. 우선 도제 목수부터 시작하겠어. 검은 실크 모자 대신 값싼 모자를 쓰고 동료들이 마실 맥주와 화주를 구하러 다녀야겠지. 거친 사람들이 내게 함부로 말해 마음이 상할 수도 있을 거야. 하지만 그런 것쯤은 평상시가 아닌 축제 때의 짓궂은 장난 정도로 여기고 무시하면 돼. 나는 장래에, 그러니까 정식 직공이 되면 건축학교에 들어갈 거야. 설계를 배워서 보란 듯이 건축가가 될 거야! 그러면 사람들이 내 이름을 말할 때 존칭 아마도 극존칭을 붙여야 할 거야.

나는 건물을 짓고 또 지을 거야. 나 이전의 건축가들이 그랬던 것처럼! 그렇게 해서 재산도 쌓을 거고. 그런 거야말로 대단한 일이지."

"형이 대단하다고 여기는 일도 내가 볼 때는 하찮은 것 같아." 넷째가 말했다. "나는 다른 사람들이 이미 걸어간 길은 가고 싶지 않아. 모방 같은 것은 안 하고 싶거든. 대신에 나는 독창적인 천재, 창작자가 되겠어. 새로운 건축 양식을 개발할 거야. 고장의 기후나 재료, 국민 정서, 문화 수준에 맞춰 건축물들의 설계도를 작성할 거야. 건물을 층층이 쌓아올리고 맨 꼭대기 층에 내 이름을 새겨 넣겠어. 그러면 내 명성도 오래갈 테지."

"그렇지만 기후와 재료가 좋지 않으면 형이 하는 일은 가치가 없어져." 다섯째가 말했다. "형들 얘기를 다 들어보니, 형들이 어떻게 생각하든 정말로 대단한 일을 하겠다는 사람은 아무도 없는 것 같아. 대단한 사람이 되려면 모든 것을 위에서부터 봐야 해. 그러나 아무튼 형들이 원하는 대로 재능과 취향에 따라 해봐. 그러면 나는 형들이 하는 일들을 따져 보겠어. 판단하고 평가하겠다고. 세상의 모든 것은 불완전하고 결함이 있으니 난 그걸 찾아내 비판하겠어. 정확하게 지적할 거야."

다섯째는 실제로 그렇게 했다. 성공적으로. 사람들이 그에 대해 이렇게 말했으니까. "다섯째는 머리가 비상해. 꾀가 있고 능력이 있지. 하지만 하는 일이 하나도 없어."

바로 이처럼 하는 일이 하나도 없었기 때문에 사람들은 다섯째를 대단한 사람이라 여겼다.

첫째는 벽돌을 만들어 팔아 동전을 모았다. 동전이 어느 정도 모이자 은화로 바꿨다. 은화를 갖고 가자 빵집이건 정육점이건 어디든 문이 활짝 열렸고, 요구만 하면 뭐든 원하는 것을 얻을 수 있었다. 벽돌이 만들어낸 결과였다. 또한 금 가고 깨진 벽돌들도 쓸모가 있었다.

구걸해 먹고 사는 마르그레테라는 가난한 여자

가 파도가 부딪히는 둑 위에다 집을 짓고 살고자 했다. 그래서 그녀는 벽돌을 만드는 첫째에게서 금 가고 깨진 벽돌들을 얻었다. 그중에 말끔하고 온전한 것들도 더러 있었다. 5형제 중 첫째는 벽돌 제조공 이상으로 더 올라가지는 못했어도 마음이 착했던 것이다. 가난한 마르그레테는 제 손으로 직접 제 집을 지었다. 그 오두막은 좁고 천장도 낮았지만 적어도 그녀 자신에게 피난처가 되어 줬다. 전망은 또 얼마나 멋지던지! 크고 넓은 바다가 보였고, 때때로 파도가 몰려와 둑에 부딪혀 깨지면서 날리는 물거품이 오두막까지 덮곤 했다. 벽돌을 굽던 선량한 첫째는 오래전에 죽어 땅 속에 묻혔다.

둘째는 물론 가엾은 마르그레테보다 벽돌을 더 잘 쌓을 수 있었다. 집 짓는 법을 잘 배웠기 때문이다. 그는 정식 직공이 되는 시험을 통과하자 가방을 꾸려 장인의 노래를 부르며 떠났다.

젊을 때 여행을 하리라.
타지에서 집을 지으리라.
힘과 패기가 충만하고 젊으니까.
이 도시 저 도시를 다니며 온 나라를 보리라.
고향에 돌아와 절개 지킨 약혼녀와 재회하리.
아! 장인의 탄탄한 지위라!
머지않아 장인이 되리라.

실제로 둘째는 이 노래처럼 되었다. 장인이 되어 고향에 돌아왔다. 한 채 두 채, 여러 채의 건물을 지었다. 그 건물들이 모여 도시의 멋진 거리를 이뤘다. 그가 지은 집들이 나중에는 그에게 집 한 채를 지어 주었다. 마을의 착한 사람들이 말했다. "그래, 정말로 자네가 만든 거리가 자네에게 집을 지어 주었어."

분명 큰 집은 아니었다. 바닥도 진흙으로 덮었다. 그러나 혼인 잔치에서 춤을 추는 그에게는 진흙도 마루판처럼 반들반들 윤이 나 보였다. 벽은

각기 꽃이 한 송이씩 그려진 도기 타일로 덮었다. 그것들이 부잣집의 휘장보다 더 아름답게 방을 꾸며 주었다. 결론적으로 예쁜 집이었고 신혼부부는 행복했다. 박공에는 조합의 깃발이 펄럭였다. 집 앞을 지나가는 직공과 도제들이 외쳤다. "와! 장인의 집이다!" 그렇다. 그는 대단한 사람이 되었다.

셋째는 도제 소목장이 되어 챙 모자를 쓰고 직공들의 잔심부름을 하다가 선언한 대로 건축학교에 입학해 건축가 면허장을 땄다. 그때부터 사람들은 그에게 서신을 보낼 때면 그의 이름 앞에 극존칭을 붙였다. 십장이 된 둘째가 세운 거리가 그에게 집을 한 채 안겨 줬다면 그 거리에는 셋째의 이름이 붙여졌고, 거기서 가장 멋진 집이 셋째의 차지가 되었다. 이름 앞에 존칭이 붙여지는 멋진 직업을 갖는 것도 확실히 대단했다. 셋째의 아내는 귀부인이 되었고 자녀들은 상류층 자녀 대우를 받았다. 셋째가 죽은 뒤에도 그의 이름은 거리 한쪽에 새겨져서 여전히 사람들에게 불렸다. 그렇다.

셋째도 의미 있게 살았다.

5형제 중 넷째, 독창적인 새 양식을 개발하고 건물 맨 꼭대기 층을 장식해 이름을 남기겠다고 한 영재는 목표를 완성하지 못했다. 새로운 양식으로 꼭대기 층을 짓다가 그만 추락해 목이 부러져 죽고 말았다. 대신 사람들이 음악을 연주하고 깃발을 흔들며 성대하게 장례를 치러줬다. 넷째의 관이 지나가는 거리마다 꽃과 가지들이 뿌려졌다. 매장지에서는 세 편의 추도사가 낭독되었다. 각기 앞의 것보다 뒤의 것이 길었다. 넷째의 부고는 그날 신문에도 실렸다. 넷째가 이런 특혜들을 목격했다면 매우 기뻐했을 것이다. 무엇보다도 사람들이 자신에 대해 말하는 것을 좋아했으니 말이다. 그의 무덤에 묘비도 세워졌으니, 이 또한 의미 있었다.

결국에는 넷째도 죽었고, 그의 세 형도 죽었다. 따지기 좋아하는 다섯째만 남았다. 이제 그가 제역할을 할 때였다. 언제나 마지막으로 한 마디를

덧붙이는 게 그의 일이었으니 말이다. 이미 언급했듯이 다섯째는 다른 사람들이 하는 일에 대해 비판하는 것밖에 하는 일지 없지만 그래도 꾀바르고 능력 있다는 평판을 얻었다. "머리가 좋은 사람이야." 하고 대체적으로 사람들이 말했다. 과연 다섯째 역시 대단한 사람이 되었을까?

다섯째의 시간이 다 되었다. 그가 죽어 하늘 문 앞에 도착했다. 그 문은 두 사람씩 통과하게 되어 있었다. 다섯째 옆에도 다른 영혼이 서서 문으로 들어가기를 기다렸다. 그 영혼은 바로 둑 위에 집을 짓고 살았던 가난한 마르그레테였다.

"내가 이 비참한 영혼과 함께 서다니, 극명하게 대조되는 걸." 하고 따지기 좋아하는 다섯째가 말했다. 그러고는 물었다. "천국에 들어가고자 하는 당신은 누구십니까?"

늙은 여인은 그가 성 베드로쯤 될 거라 생각했다.

"저는 가족도 없이 혼자인 불쌍한 여자랍니다. 둑 위에 집을 짓고 살던 늙은 마르그레테죠."

"땅에서 사는 동안 선하고 유익한 어떤 일을 했습니까?"

"이 문에 들어설 만한 일을 하지는 못했습니다. 제가 천국으로 아무 문제없이 들어갈 수 있게 된다면 그건 순전히 크나큰 은혜 덕이지요."

"그렇다면 저 아래 세상을 어떻게 떠나오게 되었습니까?" 다섯째는 무료함을 달랠 겸 이야기를 시켰다. 마침 기다리는 게 꽤 지루하기도 하던 참이었던 것이다.

"어떻게 저 세상을 떠나왔는지, 정확히는 모릅니다. 말년에 저는 병이 들고 아주 비참했어요. 어느 순간부턴 침대에서 나오려면 간신히 기어 나와야 하는 상태가 됐고, 혹한에 시달렸지요. 아마 그것 때문에 죽었을 겁니다. 겨울이 얼마나 혹독했던지 아마 나리께서도 기억하실 겁니다. 더는 그걸 겪지 않아도 되니 얼마나 다행입니까! 아무튼 며칠

동안 바람은 없었지만 추위는 갈수록 지독해졌지요. 바닷물이 꽁꽁 언 게 멀리서도 다 보였어요.

반들반들한 얼음판으로 변한 바다 위로 도시 사람들 전부가 놀러 나왔어요. 사람들은 썰매를 타거나 춤을 추고, 또는 급하게 설치된 간이식당에서 맛있는 먹거리를 즐기기도 했지요. 그때 갑자기 하늘에 흰 구름이 불쑥 나타났어요. 모양이 독특했어요. 제가 유심히 쳐다봤더니, 구름 가운데서 검은 점 하나가 점점 커지고 있었어요. 그게 뭘 뜻하는지 단번에 알아챘죠. 저는 경험 많은 늙은이었으니까요. 그 불길한 징조가 나타나는 경우는 극히 드물었지만 그래도 그게 뭔지 명확히 알 수 있었어요. 공포심으로 몸서리가 났어요. 그때까지 살면서 그런 것을 딱 두 번 봤는데, 그것은 무시무시한 돌풍과 큰 파고를 몰고 오는 구름이었어요. 까딱하다간 행복에 겨워 노래하고 마시며 즐기느라 여념이 없는 가엾은 사람들이 죄다 휩쓸려 갈 수 있었죠. 젊은이건 늙은이건 온 도시 사람이 죄다 그 얼음판 위에 있었거든요. 그들에게 누가 경고할 수 있었겠어요? 누가 저처럼 그 무시무시한 먹구름을 알아보고 재난을 예상할 수 있었겠어요? 저는 고민했어요. 어느새 새로 힘이 솟는 것을 느꼈지요. 저는 침대에서 몸을 일으켜 창가까지 기어갔어요. 하지만 더 나아갈 힘이 없었어요.

그래서 안간힘을 다해 창문을 열어젖혔어요. 사람들이 얼음판 위에서 콩콩 뛰고 달리고 있었어요. 바람에 살랑살랑 나부끼는 깃발들이 얼마나 예쁘던지요! 사내애들은 신이나 환성을 질러 댔어요. 하녀와 하인들도 둥그렇게 둘러서서 춤을 추며 노래했어요. 마음껏 즐기고 있었죠. 그러나 검은 점을 품은 흰 구름이… 저는 힘닿는 데까지 힘껏 소리를 질렀지만 아무도 듣지 못했어요. 그들과 거리가 너무 멀었거든요. 그러나 당장이라도 돌풍이 불어 닥칠 태세였어요. 파도가 일어 얼음장이 깨지면 그들 모두가 죽고 말 터였지요. 그런데 그들을 구할 수 있는 사람이 아무도 없었어요!

저는 다시 온 힘을 다해 소리 질렀어요. 하지만 막상 터져 나온 소리는 조금 전보다 작았어요. 그렇다고 그들에게 달려갈 힘도 제게는 없었죠. 어떻게 해야 사람들을 안전하게 육지로 올라오게 할 수 있을까요?

순간 하나님이 아이디어를 주셔서 저는 침대에 불을 붙여야겠다는 생각이 났어요. 가엾은 사람들이 다 비참히 죽게 내버려 두는 것보다 차라리 제 집을 불태우는 게 낫겠다는 생각이 들었죠. 저는 즉시 실행에 옮겼답니다. 붉은 불꽃이 타오르기 시작했어요. 사람들에게 불빛을 비추는 등대처럼요. 저는 문지방을 간신히 넘기는 했지만 그만 바닥에 쓰러졌어요. 힘이 다했었나 봅니다. 불길이 지붕 위로 올라가고, 창과 문 밖으로 넘어왔어요. 그리고 불의 혀가 핥듯 저를 삼켰어요.

빙판 위의 사람들이 불길을 봤어요. 불쌍한 제가 불에 타죽기 전에 구해야겠다며 모두가 달려왔어요. 한 사람도 빠지지 않고 전부 다 둑으로 올라왔지요. 곧 바다 쪽에서는 해일이 일고 빙판이 산산조각 났어요. 다행히 모든 사람이 둑으로 올라와 빙판 위에는 아무도 없었답니다. 제가 그들을 다 구한 겁니다. 그리고 비참하게 사는 동안 겪던 두려움과 온갖 수고, 냉혹한 추위가 다 끝나고, 이렇게 천국 문에 도달한 거예요."

천국의 문이 열리고 한 천사가 늙은 여인을 안으로 안내했다. 그녀가 지푸라기 한 오라기를 떨어뜨렸는데, 불이 났던 그녀의 침대에서 묻어 나온 것이었다. 이내 지푸라기는 순금으로 변했고, 빛나는 황금 나무처럼 단숨에 자라 가지와 잎을 내고 꽃을 피웠다.

"보십시오. 이건 이 여인이 가져온 것입니다."
하고 천사가 따지기 좋아하는 다섯째에게 말했다.
"당신은 뭘 가져왔습니까? 아무것도 없죠. 사는 동안 아무것도 한 일이 없어요. 벽돌 한 장도 굽지 않았어요. 만일 다시 세상으로 돌아갈 수 있다면 벽돌 한 장이라도 구울테지요. 분명 잘 굽지는 못하겠지만요. 그래도 최소한의 선의가 있다면 그것으로 의미가 있습니다."

그때 둑 위 작은 집에서 살던 늙은 여인이 간청했다. "이제야 알아보겠어요. 바로 이 분의 형님이 제게 집을 지을 수 있게 벽돌을 줬습니다. 가진 것 없는 제게 그것이 얼마나 큰 선행이었는지 모를 겁니다! 그 벽돌 조각들이 저 분을 위해 쓰일 수는 없나요? 큰 은혜가 될 겁니다."

"보십시오. 당신이 보잘것없다며 멸시했던 겸손한 형제와 그의 성실한 행위의 덕을 보게 될 겁니다." 천사가 말했다. "그러나 가치 있는 일을 하나라도 해서 당신의 부족함을 메우기 전까지는 안 됩니다."

'나라면 그 말을 훨씬 유려하게 표현할 수 있었을 텐데.' 하고 따지기 좋아하는 다섯째는 생각했다. 속으로만 생각하고 입 밖으로 소리를 내지는 않았다.

온 가족이 말한 것

온 가족이 뭐라고 말했을까? 음, 먼저 어린 메리가 한 말부터 들어보자.

그날은 어린 메리의 생일이었다. 세상에서 제일 즐거운 날이라고 메리는 생각했다. 메리의 친구들이 다 와서 같이 놀았다. 메리는 자기가 가진 옷중에서 제일 예쁜 것으로 입었는데, 그 옷은 지금은 하나님 곁에 계신 할머께 받은 것이다. 할머니는 아름답게 빛나는 하늘나라로 가시기 전에 손수 옷감을 잘라 한 땀 한 땀 바느질을 해 그 옷을 만들어 주셨다. 메리 방의 탁자는 선물들로 반짝 반짝 빛이 났다. 온갖 도구들이 갖춰진 아기자기 한 미니 주방 세트에, 눈동자를 움직이고 배를 누르면 "오" 하고 소리내는 인형까지 있었다. 아름다운 이야기들을 읽을 수 있는 그림책도 있었다. 글을 읽을 줄 안다면 말이다! 그러나 그 모든 이야기들보다 더 멋진 것은 수많은 생일을 맞으며 사는 것이었다.

"맞아요, 산다는 건 멋진 일이에요." 귀여운 메리가 말했다. 그러자 대부(代父)가 인생은 가장 아름다운 동화라고 덧붙였다.

옆방에 메리의 두 남자 형제가 있었다. 그 애들은 메리보다 커서 하나는 아홉 살, 다른 하나는 열한 살이었다. 그들 역시 살아 있다는 것, 그들 나름대로 사는 것이 즐겁다고 생각했다. 그러나 메리처럼 어린아이가 아니라 영리한 남학생들로서 동화책에서처럼 멋지게 사는 것, 그래서 친구들과 치고 받고 싸우다가도 겨울이면 스케이트를 타고 여름이면 자전거를 타며 성이나 도개교(跳開橋), 감옥에 관한 이야기들을 읽고 아프리카 오지 탐험 이야기 듣기를 즐겼다. 그런데 소년 하나는 자신이 어른이 되기 전에 모든 것이 다 발견될까 봐 걱정이었다. 그 애는 어른이 되면 모험을 떠나고 싶었다. 대부가 말했다. "인생이야말로 가장 멋진 모험 이야기란다. 더구나 우리 자신이 그 이야기에 등장하잖니."

이 아이들이 지내며 노는 곳은 1층이었다. 바로 위층에 또 다른 가족이 아이들과 함께 살았다. 대신에 위층 집 아이들은 다 자랐다. 한 아들은 열일곱 살이고, 다른 하나는 스무 살이다. 또 다른 하나는, 메리 말에 의하면, 나이를 아주 많이 먹어 스물다섯 살이고 약혼도 했다.

그들은 모두 행복한 환경에서 살았다. 좋은 부

모 밑에서 좋은 옷을 입었고 능력이 좋았으며 자신들이 무엇을 원하는지 알았다. "앞으로! 장애물은 다 비켜라! 드넓은 세계로 나가자. 우리가 아는 가장 멋진 것, 대부님 말씀대로, 인생이야말로 가장 아름다운 동화다!"

당연히 자녀들보다 나이가 더 많은 아버지와 어머니는 입가와 눈가에 미소를 머금은 채 흡족한 마음으로 말했다. "저 아이들은 얼마나 젊은가! 세상 일이 모두 다 저 아이들 생각대로 되지는 않겠지만 그래도 아이들은 앞으로 나아가겠지. 인생은 낯설지만 아름다운 동화야."

이들이 사는 곳 위에, 그러니까 하늘에 조금 더 가까운 다락방에 대부가 살았다. 대부는 늙었지만 정신은 젊었다. 언제나 기분이 좋았고 해줄 수 있는 긴 이야기들이 많았다. 그의 방에는 넓은 세계 곳곳을 여행하며 각 나라에서 가져온 멋진 것들이 많았다.

맨 아래서부터 천장까지 벽은 온통 그림으로 덮여 있고, 창유리는 빨간색 또는 노란색으로 칠해져 있었다. 그 창으로 밖을 보면 날씨가 아무리 흐려도 온 세상이 햇살 아래 놓인 듯 보였다. 큰 유리통에는 해초가 있고 그 사이로 금붕어들이 헤엄쳐 다녔다. 그것들은 많은 것을 알지만 말하지는 않겠다는 듯 눈을 크게 뜨고 바라봤다. 방에서는 늘 꽃향기가 났다. 겨울에도 말이다. 그리고 겨울이면 난로에 불이 활활 타올랐다. 그 앞에 앉아 타오르는 불길을 보며 탁탁 하고 불꽃 튀는 소리를 들으면 참 좋았다. "옛 기억들이 떠오르는구나." 대부가 말했다. 그리고 어린 메리는 불꽃 속에서 많은 그림들을 본 것 같았다.

옆에 있는 커다란 책장에 진짜 책들이 꽂혀 있었다. 그중 하나는 대부가 자주 꺼내 읽으며 책

중의 책이라 부르는 것, 성경책이었다. 그 안의 그림들은 인간과 세상의 모든 역사, 창조와 홍수, 왕들과 왕 중의 왕을 보여 주었다.

"이 책에는 이미 일어난 일들과 앞으로 일어날 모든 일들이 기록되어 있단다!" 대부가 말했다. "작은 책 한 권에 대단히 많은 내용이 들어 있지. 생각해 봐라! 사람들이 기도해야 할 모든 것이 '주기도문'에 다 들어 있단다. 그것은 하나님의 은혜이며 위로란다. 그것은 아기의 요람에, 아기의 마음속에 선물로 주신 거란다. 얘야, 그것을 잘 간직해야 한다! 어른이 되어서도 절대로 잃어버리지 마라. 그러면 어떠한 기로에서도 혼자 있지 않는단다. 그것이 네 안에서 빛을 발해 네가 길을 잃지 않게 할 거란다."

대부의 눈은 반짝였다. 기쁨으로 빛이 났다. 대부가 말했다. "예전에는 운 적도 있었단다. 하지만 그때 역시 좋았어. 모든 게 잿빛으로 보이는 시련의 시기였어도. 지금은 내 마음과 주변에 햇살이 비추고 있단다. 나이가 들수록, 상황이 좋을 때나 안 좋을 때나, 더욱 분명하게 알게 되는 사실이 있단다. 그것은 우리 주님이 항상 내 안에 계시고, 그런 인생이야말로 가장 아름다운 동화라는 사실이다. 그리고 그것은 오직 주님만이 줄 수 있으며 영원히 지속된단다."

"맞아요, 산다는 것은 정말 멋져요!" 어린 마리가 말했다.

작은 소년들과 큰 소년들, 아버지와 어머니, 온 가족이 다 그렇게 말했다. 그들 가운데 제일 나이가 많고 경험도 많은 대부가 그 누구보다도 더 동의했다. 그는 모든 이야기와 모든 동화를 알았다. 따라서 그가 "인생은 가장 아름다운 동화야"라고 말한 것은 진심이었다.

한스 크리스티안 안데르센
Hans Christian Andersen(1815-1875)

1815년 덴마크 오덴세에서 태어나 1875년 코펜하겐에서 사망했다. 160여 편에 달하는 동화 작품들이 유명해지면서 고향 오덴세에서 명예시민으로 받들어졌다. 순수하게 어린이를 위해 작품을 쓴 최초의 작가라는 점에서 아동문학의 아버지라 불린다.

그의 동화들은 주로 전승문학에 상상을 더해 새롭게 창작한 작품들로, 세기를 넘어 세계적으로 번역되어 어린이와 어른 모두에게 사랑받고 있다.

그의 작품들은 때로는 인간의 어리석음과 사회상을 풍자하고, 때로는 일상의 사소한 것에서 삶의 기쁨과 아름다움, 창조주의 무한한 사랑과 은혜를 발견한다.

오스카 와일드

행복한 왕자
저만 알던 거인

행복한 왕자

높은 기둥 위에 놓인 '행복한 왕자'의 동상이 도시 위로 우뚝 솟아 있었다. 동상의 겉면은 전부 금박이 입혀져 있고, 두 눈은 두 개의 빛나는 사파이어였으며, 칼자루에는 붉은색의 큼지막한 루비가 박혀 반짝였다.

행복한 왕자는 정말이지 대단히 칭송받았다. "저 동상은 풍향계만큼 아름답군." 시의회의 의원 하나가 예술적 심미안이 있다는 평을 얻고 싶어 말했다. 그러고는 사람들에게 실용적이지 못하다고 오해받을까 봐 덧붙였다. "다만 그리 유용하지는 않지만 말이오."

"넌 왜 행복한 왕자처럼 행동할 수 없니?" 달을 갖겠다고 울어 대는 어린 아들에게 분별 있는 어머니가 물었다. "행복한 왕자는 뭘 갖겠다고 징징대는 건 꿈도 안 꾼단다."

"이 세상에 누군가는 더없이 행복하니 기쁘군." 낙심에 찬 남자가 행복한 왕자의 멋진 동상을 바라보며 중얼거렸다.

"행복한 왕자는 꼭 천사처럼 생겼어." 깨끗한 흰색 점퍼스커트를 입고 진홍색의 산뜻한 망토를 걸친 고아원의 아이들이 성당에서 나오며 말했다.

"너희가 그걸 어떻게 아니? 천사를 본 적도 없으면서." 수학 교사가 말했다.

"아아! 꿈에서 봤어요." 아이들이 대답했다.

그러자 수학 교사는 눈살을 찌푸리며 매우 엄한 표정을 지었다. 그는 아이들이 꿈꾸는 것을 좋게 여기지 않았던 것이다.

어느 날 밤 그 도시 위로 작은 제비 한 마리가

날아들었다. 다른 친구들은 육 주 전에 이집트로 떠났지만 그 제비는 가장 아름다운 갈대와 사랑에 빠져 뒤에 남았다. 제비는 이른 봄에 누런색의 큰 나방을 쫓아 강으로 날아왔다가 갈대 아가씨를 처음 보았는데, 그녀의 늘씬한 허리에 그만 마음을 빼앗겨 멈춰서는 그녀에게 말을 걸었다.

"제가 당신을 사랑해도 될까요?" 단도직입적으로 말하기를 좋아하는 제비가 물었다. 갈대는 허리를 낮게 숙이며 인사했다. 그래서 제비는 그녀 주위를 빙빙 돌면서 날개로 수면을 건드려 은빛 잔물결들을 일으켰다. 이것이 제비의 구애법이었고, 이런 제비의 구애는 여름 내 계속되었다.

"말도 안 되는 애정이야." 다른 제비들이 지저귀었다. "그녀는 돈도 없는데다 친척은 또 엄청나게 많아." 정말로 그 강에는 갈대 친척들 천지였다. 가을이 오자 다른 제비들은 모두 날아가 버렸다.

친구들이 떠나가자 제비는 외로웠고, 연인에게 지치기 시작했다. 제비가 말했다. "그녀는 통 말이 없어. 그리고 늘 바람과 시시덕거리는 걸 보니 바람둥이일까봐 겁이 나." 사실 바람이 불 때면 갈대는 최고로 우아하게 허리를 숙였다.

제비는 이렇게도 말했다. "그녀가 가정적이라는 건 나도 인정해. 그러나 내가 여행을 좋아하니, 내 아내도 여행을 좋아해야 해."

"나와 함께 갈래요?" 마침내 제비가 갈대에게 물었다. 그러나 갈대는 고개를 저었다. 그녀는 자기 집을 무척 사랑했다.

"날 가지고 놀았군요." 제비가 소리쳤다. "나는 피라미드로 떠나겠어요. 잘 있어요!" 그리고 날아가 버렸다.

하루 종일 날아간 제비는 밤이 되어 그 도시에 도착했다. 제비가 말했다. "어디서 묵을까? 시내에 준비가 되어 있으면 좋겠다."

그때 제비는 높은 기둥에 세워진 동상을 보았다. "저기서 묵어 가야겠다. 위치가 좋아. 맑은 공기도 맘껏 쐴 수 있고."

그래서 제비는 행복한 왕자의 두 발 사이로 날아가 앉았다. "황금으로 된 침실이네." 제비는 주위를 둘러보며 혼자 조용히 말했다. 그리고 잘 준비를 했다. 그런데 머리를 막 날개 아래에 묻으려는 찰나 커다란 물방울이 그의 몸에 똑 떨어졌다.

"별일이네!" 제비가 말했다. "하늘에는 구름 한 점 없고 별만 총총하니 밝은데, 비가 내리다니. 북유럽의 날씨는 정말 끔찍해. 갈대는 비를 좋아했지만 그건 순전히 그녀가 이기적이기 때문이야."

그때 물방울이 또 떨어졌다. "비도 막아 주지 못한다면 동상이 다 무슨 소용이야? 괜찮은 굴뚝 통풍관이나 찾아봐야겠다."

제비는 그곳을 떠나기로 마음먹었다.

막 날개를 펼치려는데 세 번째 물방울이 떨어져서, 제비는 고개를 들었다. 아! 제비는 무엇을 보았을까?

눈물이 가득 고인 행복한 왕자의 두 눈이었다. 눈물이 왕자의 금빛 뺨을 타고 줄줄 흘러 내리고 있었다. 달빛을 받은 왕자의 얼굴이 어찌나 아름다운지, 제비는 애처로운 마음이 들었다.

"당신은 누구세요?" 제비가 물었다.

"나는 행복한 왕자야."

"그런데 왜 울고 있어요?" 제비가 물었다. "내 몸이 흠뻑 젖었다고요."

행복한 왕자의 동상이 말했다. "내가 살아서 인간의 심장을 갖고 있을 때는 눈물이 뭔지 몰랐어. 슬픔이 들어오지 못하는 '상수시(Sans-Souci: '슬픔이 없는'을 뜻하는 프랑스어 - 엮은이)' 궁전에서 살았으니까. 낮에는 친구들과 정원에서 놀고 밤에는 대연회장에서 춤을 추었어. 정원 주위로는 아주 높은 담이 둘러쳐져 있었는데, 나는 그 너머에 무엇이 있느냐고 물어볼 생각조차 안했지. 내 주변의 모든 것이 무척 아름다웠어. 신하들은 나를 '행복한 왕자'라 불렀는데, 정말이지 나는 행복했어. 즐거움이 행복이라면 말이지. 나는 그렇게 살다가, 그렇게 죽었어. 내가 죽으니까 사람들이

날 이렇게 높은 곳에 세워 놓아서, 나는 내 도시의 추하고 비참한 모든 것을 볼 수 있게 되었어. 그러니 내 심장이 납덩이로 만들어졌음에도 나는 울지 않을 수가 없어."

"뭐, 순금으로 만들어진 게 아니야?" 제비가 혼자서 중얼거렸다. 제비는 예의가 바르기 때문에 큰소리로 남을 평가하지는 않았다.

"저기," 행복한 왕자가 낮고 아름다운 목소리로 말했다. "멀리 있는 좁은 골목에 한 가난한 집이 있어. 열린 창문으로 한 여인이 탁자 앞에 앉아 있는 것이 보여. 여인의 얼굴은 여위고 지쳐 있고 손은 온통 바늘에 찔려 거칠고 벌게졌어. 그녀는 바느질로 벌어 먹고 사는 침모거든. 지금 그녀는 왕비의 시녀들 중 최고 미인이 다음 번 궁중 무도회에 입고 나갈 새틴 드레스에 시계꽃 자수를 놓고 있지. 그 방 한 구석에 놓인 침대에는 어린 아들이 아파 누워 있어. 어린 아들은 열이 있어 오렌지를 달라고 해. 하지만 그녀가 아들에게 줄 것이라곤 강물 밖에 없어. 그래서 아들은 울고 있어. 제비야, 제비야, 작은 제비야, 네가 나의 칼자루에서 루비를 빼 그녀에게 갖다 주지 않겠니? 나는 발이 받침대에 단단히 붙어 있어 움직일 수가 없어서 그래."

"이집트에서 저를 기다리고 있어요." 제비가 말했다. "친구들이 나일강 가를 날아다니면서 커다란 연꽃들에게 말을 걸어요. 그러다가 이내 대왕의 무덤으로 자러 갈 거예요. 대왕은 거기에 있는 채색 관에 누워 있어요. 노란 아마포에 싸인 채 향료들로 방부처리가 되어 있어요. 왕의 목에는 연초록 옥 목걸이가 걸려 있고, 손은 마른 나뭇잎 같답니다."

"제비야, 제비야, 작은 제비야," 행복한 왕자가 말했다. "하룻밤만 내 곁에 머물면서 나의 심부름을 해 주지 않겠니? 소년이 너무나 목말라 해서 어머니가 몹시 슬퍼한단다."

"저는 사내애들이라면 좋아하지 않아요." 제비가

대답했다. "지난 여름에도 강가에 있는데, 방앗간 집의 버릇없는 사내애 둘이서 제게 줄곧 돌팔매질을 해댔어요. 물론 저를 맞히지는 못했어요. 우리 제비들은 돌멩이쯤은 잘 피해 날아가거든요. 더구나 저는 민첩하기로 유명한 집안 출신이에요. 그래도 아무튼 그건 무례한 행동이었어요."

행복한 왕자가 너무도 슬픈 눈으로 바라보자 작은 제비는 딱하게 느껴졌다. "여기는 몹시 추워요." 제비가 말했다. "그러나 왕자님과 함께 하룻밤 머물면서 왕자님의 심부름을 해드리겠어요."

"고맙구나, 작은 제비야." 행복한 왕자가 말했다.

그래서 제비는 왕자의 칼에서 멋진 루비를 뽑아 부리에 물고서 도시의 지붕들 위로 날아갔다.

하얀 대리석에 천사들이 새겨져 있는 대성당의 탑을 지났다. 궁전을 지날 때는 춤추는 소리가 들려 왔다. 아름다운 아가씨가 연인과 함께 발코니로 나왔다. 연인이 아가씨에게 말했다. "별들이 꽁

장히 멋지군요. 그리고 사랑의 힘은 또 얼마나 대단한지요!" 아가씨가 대꾸했다. "내 드레스가 궁중 무도회 때에 맞춰 준비되면 좋겠어요. 드레스에 시계꽃을 수놓아 달라고 주문해 뒀는데, 침모가 너무도 게으름을 부려서요."

제비는 강 위를 지나다가 배의 돛대에 달린 등불들을 보았다. 유태인 마을 게토를 지나면서는 노인들이 흥정을 하고 구리 저울에다 돈의 무게를 재는 것을 보았다. 마침내 제비는 가난한 집에 도착해 안을 들여다봤다. 소년은 열에 들떠 침대에서 뒤척이고 있었고, 너무나 피곤했던 어머니는 잠들어 있었다. 제비는 안으로 들어가 커다란 루비를 어머니의 탁자 위 골무 옆에 놓았다. 그러고는 침대로 가만히 날아가 소년의 이마께에 날개짓으로 부채질을 해주었다.

"아, 시원해! 내가 낫고 있나 봐." 소년은 이렇게 말하고는 기분좋게 잠들었다.

제비는 행복한 왕자에게 돌아가서, 자신이 한

일을 말해 주었다. 그리고 이렇게도 말했다. "이상해요. 날씨가 무척 추운데도 지금 저는 따스함이 느껴져요."

"그건 네가 착한 일을 했기 때문이야." 행복한 왕자가 말했다. 작은 제비는 생각을 하기 시작했는데, 그러자 곧 잠이 들었다. 제비는 생각을 하면 늘 졸음이 쏟아진다.

날이 밝자 제비는 강으로 내려가 몸을 씻었다. "참으로 이상한 현상이군. 한겨울에 제비라니!" 제비가 다리 위를 날아가는 것을 본 조류학 교수가 말했다. 그러고는 그것에 대한 긴 편지를 써서 지역 신문사에 보냈다. 모두가 그 편지에 대해 말했는데, 편지에는 그들이 이해하지 못할 말들이 잔뜩 적혀 있었다.

"오늘 밤에 이집트로 떠나요." 제비가 말했다. 제비는 그 생각에 기분이 무척 좋았다. 모든 공공 기념물들을 돌아보고 나서 교회 첨탑 꼭대기에 한참을 앉아 있었다. 제비가 가는 곳마다 참새들이 쨀쨀거리며 수군댔다. "참 눈에 띄는 손님이네!" 그래서 제비는 무척 즐거웠다.

달이 뜨자 제비는 행복한 왕자에게로 돌아갔다. "이제 출발하려고 하는데 제가 이집트에서 왕자님을 위해 뭐 해드릴 것 있나요?" 제비가 물었다.

"제비야, 제비야, 작은 제비야. 하룻밤만 더 내 곁에 있어 주지 않을래?" 왕자가 말했다.

"이집트에서 기다리고 있어요. 내일 친구들이 나일강의 제2 폭포로 날아갈 거예요. 거기서는 하마들이 부들 사이에 누워 있고 거대한 화강암 왕좌에 멤논 신이 앉아 있어요. 멤논 신은 밤새 별들을 지켜보다가 샛별이 빛나면 기뻐 외마디 소리를 질러요. 그러고 나서 죽 말이 없지요. 정오가 되면 누런 사자들이 강가로 내려와 물을 마셔요. 사자들의 눈은 초록 녹주석 같고, 포효 소리는 폭포소리보다 더 크답니다."

"제비야, 제비야, 작은 제비야," 왕자가 말했다. "도시 저편 저 멀리 다락방에 한 청년이 보여. 청년은 종이가 잔뜩 쌓인 책상에 몸을 숙이고 있는데, 그 옆에 놓인 커다란 컵에 제비꽃 한 다발이 시들어 있어. 청년의 밤색 머리칼은 곱슬곱슬하고 입술은 석류처럼 붉어. 그리고 커다란 두 눈은 마치 꿈을 꾸는 듯하단다. 청년은 극장 감독에게 보여줄 희곡 한 편을 마무리 지으려 애를 쓰는데, 더는 글을 쓰지 못할 정도로 몹시도 추워하고 있어. 벽난로에 불도 없는데다 배가 너무나 고파 기절하기도 했어."

"하룻밤만 더 왕자님 곁에 있을게요." 마음이 진짜 착한 제비가 말했다. "그 청년에게 루비를 갖다 줄까요?"

"아아! 더는 루비가 없단다." 왕자가 말했다. "남은 것은 두 눈뿐이야. 나의 두 눈은 천 년 전에 인도에서 가져온 진귀한 사파이어로 되어 있어. 그걸 하나 빼서 청년에게 가져다 줘. 그러면 청년이 가져다가 보석 상인에게 팔아서 먹을 것과 땔감을 사고, 희곡을 마무리할 수 있을 거야."

"사랑하는 왕자님, 그건 못하겠어요." 제비가 말했다. 그러고는 흐느껴 울었다.

"제비야, 제비야, 작은 제비야. 내가 하라는 대로 해줘." 행복한 왕자가 말했다.

그래서 제비는 왕자의 눈동자 하나를 빼서 청년 학생의 다락방으로 날아갔다. 지붕에 구멍이 하나 뚫려 있어서 다락방 안으로 들어가기가 아주 쉬웠다. 제비는 그 구멍을 통해 다락방 안으로 들어갔다.

청년은 양손에 머리를 묻고 있어서 제비가 날개를 파닥이는 소리를 듣지 못했다. 그래서 잠시 뒤 고개를 들었다가 시든 제비꽃 옆에 아름다운 사파이어가 놓인 것을 보고서 말했다.

"내가 사람들에게 인정받기 시작하는구나. 이건 어떤 대단한 팬이 보냈을 거야. 이제 내 희곡을 마무리 지을 수 있겠어."

이튿날 제비는 항구로 날아갔다. 큰 배의 돛대에 앉아서, 짐 선반의 커다란 상자들을 밧줄에 묶어 끌어 올리는 선원들을 바라봤다. "당겨, 어어이!" 선원들은 상자가 나올 때마다 소리쳤다. "저는 이집트로 가요!" 제비가 외쳤지만 아무도 개의치 않았다. 달이 뜨자 제비는 행복한 왕자 곁으로 돌아왔다.

"작별 인사를 하려고 왔어요." 제비가 말했다.

"제비야, 제비야, 작은 제비야. 하룻밤만 더 내 곁에 있어 주지 않겠니?" 왕자가 물었다.

"이제 겨울이에요." 제비가 말했다. "그래서 여기에도 곧 차가운 눈이 내릴 거예요. 이집트에서는 푸른 야자나무 위로 햇살이 따스하게 내리쬐고 악어들이 진흙탕에 누워 나른하게 주위를 둘러봐요. 제 친구들이 발벡 신전에 둥지를 틀고 있으면 분홍색과 흰색의 비둘기들이 그들을 지켜보면서 서로에게 구구구구 속삭여요. 사랑하는 왕자님, 저는 떠나야 하지만 왕자님을 절대로 잊지 않겠어요. 왕자님이 내어 준 자리에 넣을 아름다운 보석 두 개를 갖고 돌아올게요. 루비는 붉은 장미보다 더 붉고, 사파이어는 광활한 바다만큼 푸를 거예요."

행복한 왕자가 말했다. "이 아래 광장에 어린 성냥팔이 소녀가 서 있어. 그 애는 성냥을 도랑에 빠트려 다 못쓰게 됐단다. 집에 돈을 가져가지 못하면 아버지한테 매맞을 게 뻔해서, 울고 있어. 소녀는 신발도 양말도 신지 않았고 작은 머리에 아무것도 쓰지 않았어. 나의 남은 눈 하나를 빼서 갖다 주면, 소녀는 아버지한테 맞지 않을 거야."

"하룻밤 더 왕자님 곁에 머물겠어요. 하지만 왕자님의 남은 눈을 뺄 수는 없어요. 그러면 왕자님은 앞을 전혀 못 보시잖아요." 제비가 말했다.

"제비야, 제비야, 작은 제비야. 내가 하라는 대로 해주겠니?" 왕자가 말했다.

그래서 제비는 왕자의 남은 눈을 빼서 아래로 내려갔다. 성냥팔이 소녀 위로 휙 지나가면서 소녀의 손바닥에 보석을 떨어뜨렸다. "너무나 예쁜 보석이다." 소녀가 외쳤다. 그러고는 소리 내어 웃으면서 집으로 달려갔다.

제비는 왕자에게로 돌아왔다. "이제는 앞을 보지 못하시니까 제가 언제나 곁에 있을게요." 제비가 말했다.

"아니야, 작은 제비야. 너는 이집트로 가야지." 가여운 왕자가 말했다.

"저는 언제나 왕자님 곁에 있을 거에요." 제비가 말했다. 그리고 왕자의 발치에서 잤다.

이튿날 제비는 온종일 왕자의 어깨에 앉아서, 색다른 나라들에서 본 것들을 이야기했다. 나일 강변에 길게 줄지어 서서 부리로 금붕어를 잡는 붉은 따오기들, 세상의 나이만큼이나 오래되었고 사막에서 살며 모든 것을 아는 스핑크스, 손에 호박색 구슬들을 들고 낙타 옆에서 천천히 걸어가는 상인들, 커다란 수정을 숭배하는 흑단처럼 까만 달산의 왕에 대해서 말해 주었다. 그리고 야자나무에서 자는 커다란 초록뱀에게 벌꿀떡을 바치는 스무 명의 승려들, 넓고 평평한 나뭇잎을 타고서 넓은 호수를 건너며 늘 나비들과 싸우는 소인족 사람들에 대해서도 말해 주었다.

왕자가 말했다. "사랑하는 작은 제비야, 내게 놀라운 것들을 말해 주는구나. 그러나 무엇보다도 놀라운 것은 사람들이 겪는 고통이란다. 인간의 비참보다 더 알기 어려운 것은 없어. 작은 제비야, 나의 도시 위를 날아다니면서 보이는 것을 말해다오."

그래서 제비는 큰 도시 위로 날아갔다. 멋진 집에서 즐겁게 노는 부자들과, 그들과는 달리 문 앞에 앉아 있는 거지들을 보았다. 제비는 어두운 골목으로 날아가서는, 깜깜한 거리를 힘 없이 내다보는 굶주린 아이들의 허옇게 뜬 얼굴들을 보았다. 아치형 다리 아래에는 사내아이 둘이 몸을 따뜻하게 해보려 서로 껴안고 누워 있었다. 소년들이 말했다. "너무도 배고프다!" 이때 야경꾼이 나타나 소리쳤다. "여기 누워 있으면 안돼!" 그래서 소년들은 빗속을 헤매고 다녔다.

제비는 왕자에게 돌아가 자기가 본 것을 말했다.

"내 몸은 순금으로 덮여 있어." 왕자가 말했다. "그것을 한 겹씩 벗겨내서 가난한 사람들에게 갖다 줘. 산 사람들은 언제나 금이 행복하게 해줄 수 있다고 생각하니까."

제비는 행복한 왕자의 금박을 한 겹씩 떼어 냈고, 결국 왕자는 아주 칙칙한 잿빛이 되었다. 제비가 순금을 한 겹씩 떼어 가난한 사람들에게 갖다 주자 아이들은 발그레해진 얼굴로 거리에서 뛰놀았다. "이제는 빵이 있어!" 하고 아이들이 소리쳤다.

그리고 눈이 내렸고, 눈이 내린 후에는 서리가 내렸다. 거리는 마치 은으로 만들어진 듯 아주 환하게 빛이 났다. 집집마다 처마 밑에는 수정 검같이 길쭉한 고드름들이 달렸고, 모두가 모피 옷을 입고 다녔으며, 사내아이들은 진홍색 모자를 쓰고 나와 빙판에서 스케이트를 탔다.

가엾은 작은 제비는 점점 더 추웠지만 왕자 곁을 떠나려 하지 않았다. 왕자를 아주 깊이 사랑했던 것이다. 제비는 빵집 문밖에 떨어진 빵 부스러기를 빵집 주인이 보지 않을 때 쪼아 먹었고, 몸을 따뜻하게 해보려고 날개를 퍼덕였다.

하지만 결국에는 자신이 죽으리라는 것을 제비는 알았다. 이제 한번 더 왕자의 어깨로 날아오를 기운밖에 남지 않았다. "안녕히 계세요, 사랑하는 왕자님! 왕자님의 손에 입 맞추게 해주시겠어요?" 제비가 속삭였다.

"작은 제비야, 네가 마침내 이집트로 가게 되어 기뻐. 이곳에 너무 오래 있었지. 그런데 내 입술에 입 맞춰 줘야지. 내가 너를 사랑하니까" 왕자가 말했다.

"제가 가려는 곳은 이집트가 아니에요." 제비가 말했다. "죽음의 집으로 가요. 죽음은 잠의 형제지요. 그렇죠?"

제비는 행복한 왕자의 입술에 입을 맞춘 다음,

왕자의 발치에 떨어져 숨을 거뒀다.

순간 행복한 왕자의 동상 안에서 급작스럽게 갈라지는 소리가 났다. 뭔가 깨지는 듯한 소리였다. 사실은 왕자의 납으로 된 심장이 둘로 딱 쪼개졌다. 정말이지 지독히도 추운 혹한이었다.

이튿날 아침 일찍 시장이 시의원들과 함께 동상 아래 광장을 걷고 있었다. 그들은 기둥 앞을 지나며 동상을 올려다봤다. "이런! 행복한 왕자가 저렇게 볼품없다니!" 시장이 말했다.

"정말로 볼품이 없습니다!" 언제나 시장의 의견에 동의하는 시의원들이 소리치고는 동상을 올려다봤다.

"칼의 루비는 떨어져나가고, 두 눈은 사라지고 없는데다 이제는 금빛도 아니군. 사실상 거지보다 별로 나을 게 없어!" 시장이 말했다.

"거지보다 별로 나을 게 없습니다." 시의원들이 맞장구쳤다.

"게다가 발치에는 실제로 죽은 새까지 있어!" 시

장이 계속 말했다. "새가 여기서 죽는 것을 금지하는 포고문이라도 공포해야겠군." 그러자 시의 서기가 그 의견을 받아 적었다.

그래서 사람들은 행복한 왕자의 동상을 끌어 내렸다. "아름다움을 잃었으니 더 이상 쓸모가 없어." 하고 대학교 미술 교수가 말했다.

사람들은 동상을 용광로에 넣어 녹였고, 시장은 녹인 쇠를 어떻게 할 것인지를 놓고 시의회를 열었다. 시장이 말했다. "당연히 다른 동상을 만들어야 합니다. 그리고 그것은 바로 내 동상이 될 겁니다."

"내 동상이 될 겁니다." 시의원들은 저마다 이렇게 말하며 언쟁을 벌였다. 그들에 대해 내가 마지막으로 들은 소식은 여전히 싸우고 있다는 것이었다.

"참으로 이상한 일이군! 이 깨진 납덩이 심장은 용광로에서도 녹지 않아. 그냥 내버려야겠어." 주조 공장의 감독관이 말했다. 그래서 사람들은 납

심장을 쓰레기 더미에 던져 버렸다. 그곳에는 죽은 제비도 누워 있었다.

"도시에서 가장 귀한 것 두 가지를 가져오너라." 하나님이 천사에게 말했다. 그래서 천사는 납덩이 심장과 죽은 새를 가지고 왔다.

하나님이 말했다. "옳게 가져왔구나. 이 작은 새는 나의 천국 정원에서 영원히 노래할 것이고, 행복한 왕자는 나의 황금 도시에서 나를 찬양할 것이니 말이다."

저만 알던 거인

날마다 오후가 되어 학교가 파하면 아이들은 거인의 정원에 가서 놀곤 했다.

그곳은 폭신한 푸른 잔디가 깔린 넓고 아름다운 정원이었다. 잔디 여기저기에 별처럼 예쁜 꽃들이 피어 있었다. 그리고 복숭아 나무 열두 그루가 심겨 있어서 봄이면 분홍빛과 진주빛의 우아한 꽃봉오리들이 터졌고, 가을이면 탐스러운 열매가 열렸다. 새들이 나무에 앉아 노래를 하면 얼마나 감미로운지 아이들은 놀던 것도 멈추고 새노래를 들었다. 아이들은 서로 말했다. "여기 있으니 정말 행복하다!"

어느 날 거인이 돌아왔다. 거인은 콘월의 도깨비 친구를 만나러 갔다가 칠 년간 그곳에 머물다 왔다. 칠 년이 지나자 거인은 해야 할 얘기는 다 하고 더 할 말도 없어서 자기 성으로 돌아오기로 한 것이었다. 거인이 집에 돌아와 보니 정원에서 아이들이 놀고 있었다.

"여기서 뭐하는 짓들이야?" 거인이 몹시 거친 목소리로 소리치자 아이들은 달아났다.

거인이 말했다. "내 정원은 내 것이야. 누구나 이 사실을 똑똑히 알도록 하겠어. 그래서 여기는 나 말고 아무도 들어오지 못하게 하겠어." 그래서 거인은 정원 둘레에 높은 담을 쌓고 경고판을 붙여 놓았다.

침입자는 고발할 것임

그는 저밖에 모르는 아주 이기적인 거인이었다.

가엾은 아이들은 이제 뛰어놀 곳이 아무데도 없었다. 아이들은 길에서 놀아 보려고 했지만 길은 먼지가 너무나 많고 딱딱한 돌멩이 천지라 좋아하지 않았다. 아이들은 수업이 끝나면 높은 담장 주변을 어슬렁 거리면서 안쪽의 아름다운 정원 이야기를 하곤 했다. "저 안에서 정말 행복했는데…" 아이들은 서로에게 말했다.

봄이 왔다. 그리고 사방 곳곳에 작은 꽃들과 작은 새들이 있었다. 그러나 이기적인 거인의 정원만은 여전히 겨울이었다. 그 정원의 새들은 아이들이 없었기에 노래 부르려 하지 않았고, 나무들은 꽃 피우기를 잊었다. 한번은 예쁜 꽃 한 송이가 풀밭 사이로 머리를 내밀었다가 경고판을 보고는 아이들이 너무나 가엾다는 생각이 들어 땅속으로 다시 쏙 들어가서 잠이 들어 버렸다. 오로지 눈과 서리만 즐거워했다. 그들이 말했다. "이 정원은 봄을 까맣게 잊었나 봐. 우리 여기서 일년 내

내 살자." 눈은 자신의 거대한 흰 외투로 풀밭을 덮었고, 서리는 나무들을 죄다 은빛으로 물들였다.

그리고 그들은 함께 있자고 북풍을 초대했다. 그래서 북풍이 왔다. 털옷으로 휘감은 북풍은 정원 주변에서 하루종일 포효했고 굴뚝의 통풍관을 떨어뜨려 버렸다. 북풍이 말했다. "여기가 정말 맘에 들어. 우박에게 와달라고 해야겠어." 그래서 우박도 왔다. 우박은 매일 세 시간 동안 성의 지붕을 두드려 대서 지붕의 슬레이트 대부분이 깨졌다. 그러자 우박은 최대한 빠르게 정원을 돌고 돌았다. 잿빛 옷을 입은 우박의 숨결은 얼음 같았다.

"봄이 왜 이렇게 더디 오는지 모르겠네." 이기적인 거인이 창가에 앉아 얼어붙은 하얀 정원을 내다보며 말했다. "어서 날씨가 변하면 좋겠다."

그러나 봄은 오지 않았고, 여름도 오지 않았다. 가을이 정원마다 황금빛 과실을 주었지만 거인의 정원에는 아무것도 주지 않았다. "거인은 저밖에 몰라." 하고 가을이 말했다. 이렇게 거인의 정원은 언제까지나 겨울이었고, 북풍과 우박과 서리와 눈은 나무들 사이를 누비며 좋아서 덩실덩실 춤을 추었다.

어느 날 아침 거인이 침대에 누워 잠이 깼는데 감미로운 음악 소리가 들려왔다. 음악이 어찌나 듣기 좋던지 궁정 악단이 지나가나 보다 하고 생각했다. 사실 창밖에서는 작은 홍방울새 한 마리가 노래하고 있었지만 거인은 자신의 정원에서 새의 노랫소리를 듣는 게 너무나 오랜만이라 그게 세상에서 가장 아름다운 음악처럼 느껴졌다. 그리고 우박은 지붕 위에서 덜컹거리기를 멈췄고 북풍의 포효도 멈췄으며, 열린 여닫이창으로 기분 좋은 향내가 들어왔다.

"드디어 봄이 왔나 봐." 거인이 말했다. 그러고는 침대에서 풀쩍 뛰어 내려와 밖을 내다봤다.

과연 거인은 무엇을 보았을까?

그가 본 것은 세상에서 가장 멋진 광경이었다. 담장에 난 작은 구멍으로 아이들이 기어들어와서는 나뭇가지에 앉아 있었다. 거인의 눈에 들어오는 나무마다 자그마한 아이들이 있었다. 나무들은 아이들이 돌아온 것이 너무나 기뻐 꽃송이들을 피웠고, 아이들의 머리 위로 가만히 팔을 저었다. 새들은 그 주위를 날면서 즐겁게 지저귀었고, 꽃들은 푸른 풀 사이로 고개를 쳐들고 웃었다. 아름다운 광경이었다.

그런데 한 구석만은 아직도 겨울이었다. 정원 맨 끄트머리 구석이었는데, 거기에 한 작은 소년이 서 있었다. 소년은 너무 작아서 나뭇가지 위로 올라갈 수가 없었다. 그래서 소년은 서럽게 울면서 나무 주위를 맴돌고 있었다.

가엾은 나무는 여전히 서리와 눈에 덮인 채 숨죽이고 있었고, 그 위로 북풍이 으르렁 거리고 있었다. "올라와, 꼬마야!" 나무가 말하면서 가지들을 최대한 낮추었다. 하지만 소년은 너무 작았다.

이를 지켜보던 거인의 마음이 녹아 내렸다. 거인이 말했다. "내가 얼마나 이기적이었던가! 왜 이

곳에 봄이 오려 하지 않았는지 이제야 알겠어. 저 가여운 꼬마를 나무 위에 올려 줘야겠어. 그리고 담장을 무너뜨리고 내 정원을 영원히 어린아이들의 놀이터로 만들어줄 거야." 거인은 그동안 자신이 한 일이 정말이지 너무나 미안했다.

거인은 살금살금 아래층으로 내려가 가만히 문을 열고 정원으로 나갔다. 그런데 아이들이 거인을 보자 잔뜩 겁을 먹고서 모두 달아나 버렸다. 정원은 다시 겨울이 되어 버렸다. 오로지 작은 소년만은 달아나지 않다. 그 소년은 눈에 눈물이 가득해서 거인이 다가오는 것을 보지 못한 것이다.

거인은 살며시 소년의 뒤로 가서 부드럽게 손을 잡아 소년을 나무 위로 올려 주었다. 그러자 나무는 즉시 꽃망울을 터뜨렸고, 새들이 와서 노래를 불렀다. 작은 소년은 두 팔을 뻗어 거인의 목에 두르고 거인에게 입을 맞추었다. 거인이 더는 못되게 굴지 않는 것을 본 다른 아이들이 돌아왔고, 그들과 함께 봄도 다시 찾아왔다.

"얘들아, 이제 여기는 너희들의 정원이야." 거인이 말했다. 그러고는 커다란 도끼를 가져와 담장을 허물었다. 정오가 되어 장에 가던 사람들은 생전 처음 보는 가장 아름다운 정원에서 아이들과 노는 거인을 보았다.

아이들은 온종일 놀았고, 저녁이 되자 거인에게 가서 인사했다.

"그런데 꼬마 친구는 어디 있니? 내가 나무 위에 올려준 아이 말이야." 거인이 물었다. 거인은 자신에게 입 맞춰 준 그 소년을 사랑했다.

"모르겠어요. 그 애는 갔어요." 아이들이 대답했다.

"그 아이한테 내일 여기에 꼭 오라고 전해 주렴." 거인이 말했다. 그러나 아이들은 그 아이가 어디 사는지 모르고, 그 아이를 전에 본 적도 없다고 했다. 거인은 몹시 슬펐다.

오후가 되어 학교가 파하자 아이들이 와서 거인과 놀았다. 그러나 거인이 사랑하는 작은 소년은 다시 오지 않았다. 거인은 아이들 모두에게 아주 친절하게 대했지만, 그의 첫 친구가 되어 준 작은 소년이 너무도 그리웠다. 그래서 그 소년 이야기를 자주 했다. "그 애가 몹시도 보고 싶다!" 하고 늘 말했다.

세월이 흘렀고, 거인은 나이가 많이 들고 몸도 약해졌다. 더는 뛰어놀 수가 없어져 이제는 커다란 안락의자에 앉아 아이들이 노는 모습을 지켜보고 정원을 바라봤다. 거인이 말했다. "아름다운 꽃은 많지만 아이들이야말로 꽃 중의 꽃이야."

어느 겨울날 아침 거인은 옷을 입으면서 창밖을 내다봤다. 이제 거인은 겨울을 싫어하지 않았다. 겨울은 단지 봄이 잠을 자고 꽃들이 쉬는 시기라는 것을 알았기 때문이다.

갑자기 거인은 놀라 두 눈을 비볐고, 보고 또 봤다. 정말이지 기막히게 멋진 광경이었다. 정원 저 끄트머리 구석에 있는 한 나무에 하얗고 아름다운 꽃송이들이 탐스럽게 피어 있었다. 나뭇가지들은 온통 황금빛이었고, 거기에 은빛 과실이 달려 있었다. 그리고 그 아래에 거인이 사랑한 작은 소년이 서 있었다.

너무도 기쁜 거인은 계단을 뛰어내려가 정원으로 나왔다. 재빨리 풀밭을 가로질러 소년에게 다가갔다. 그런데 소년에게 아주 가까워지자 거인의 얼굴은 분노로 붉어졌다. 거인이 말했다. "감히 누가 널 다치게 했니?" 소년의 양 손바닥과 작은 발에 못 자국이 나 있었던 것이다.

"감히 누가 널 다치게 했어?" 거인이 소리쳤다. "말해 보렴, 내가 큰 칼로 그 녀석을 베어 버릴 테니까."

"아니야! 이건 사랑의 상처야." 소년이 말했다.

"당신은 누구십니까?" 거인이 물었다. 그리고 거인은 이상한 경외감에 휩싸여 작은 아이 앞에서 무릎을 꿇었다.

아이는 미소를 지으며 거인에게 말했다. "전에 네가 나를 너의 정원에서 놀게 해주었지. 오늘 너는 나와 함께 나의 정원인 천국으로 갈 것이다."

그날 오후 그곳에 달려온 아이들은 하얀 꽃이 만발한 나무 아래에 죽어 누워 있는 거인을 발견했다.

| 작가와 작품 소개 |

오스카 핑걸 오플래허티 일즈 와일드
Oscar Fingal O'Flahertie Wills Wilde(1854–1900)

아일랜드 더블린에서 의사이자 학자였던 윌리엄 와일드와 시인이었던 제인 와일드 사이에서 태어났다. 1874년 옥스퍼드대학에 장학생으로 입학한 후 사회사상가이자 예술 비평가인 존 러스킨과 심미주의자 월터 페이터의 영향을 받아, '예술을 위한 예술'을 표어로 하는 탐미주의를 주창했다.

1888년 동화집 《행복한 왕자와 다른 이야기》, 1891년 장편소설 《도리언 그레이의 초상》을 발표하면서 영국 최고 작가의 반열에 올랐다. 대표작 《진지함의 중요성》(1895)에서 빅토리아 시대의 위선을 폭로했고, 동화집 《석류나무 집》(1891), 중편소설집 《아서 새빌 경의 범죄》(1891), 비평집 《의

향》(1891), 프랑스어로 시극 《살로메》(1893) 등을 발표했다.

1895년 동성애적 성벽(性癖)으로 인해 2년의 실형을 선고받았고, 옥중에서 참회록 《옥중기》(1897)를 썼다. 이후 영국에서 추방되어 1990년에 프랑스 파리에서 생을 마쳤다.

본문에 실은 〈행복한 왕자〉와 〈저만 알던 거인〉은 저자가 자녀들에게 들려주기 위해 쓴 동화집 《행복한 왕자와 다른 이야기》에 실려 있다. 그의 동화는 환상적이고 신비로운 이야기를 아름답게 다루면서도 그 이면에 날카로운 사회 비판과 인간의 내면 탐구, 그리스도교적인 희생과 사랑을 함의하고 있다. 바로 이런 이유로 어린이는 물론 많은 어른들에게도 사랑을 받고 있다.

레프 톨스토이

사랑이 있는 곳에 하나님이 계신다

사랑이 있는 곳에 하나님이 계신다

어느 도시에 마르틴 아브제이치라는 구두 수선공이 살았다. 그의 집은 지하 단칸방이었는데, 하나 있는 창문이 길가로 나 있었다. 그 창으로 바깥의 오가는 사람들의 발만 보였지만 마르틴은 사람들의 신발만 보고도 그가 누구인지 알 수 있었다. 그는 그곳에서 오래 살아 아는 사람이 많았다. 인근에서 그의 손을 한두 번이라도 거치지 않은 신발이 거의 없었고, 그가 손수 제작한 신발들도 창을 통해 자주 보였다. 어떤 것은 그가 밑창을 갈거나 덧대거나 꿰맸고, 또 어떤 것은 구두 갑피를 새로 간 것도 있었다.

그는 일감이 많았다. 손재주가 좋고 좋은 재료를 쓰는데다 삯도 많이 받지 않았으니, 사람들이 신뢰했다. 그리고 요청한 날짜에 맞출 수 있어야 일을 받았다. 날짜에 맞출 수 없다면 사실대로 말해 거짓 약속을 하지 않았다. 그래서 이름이 났고 일감이 떨어지는 법이 없었다.

마르틴은 언제나 착했다. 그리고 노년이 되니 자신의 영혼에 대해 더 많이 생각하고 하나님께 더 가까이 가기 시작했다. 그의 아내는 그가 자기 가게를 차리기 전 주인 밑에서 일할 때 세 살 난 아들만 남기고 죽었다. 그 위의 아이들도 전부 다 어려서 죽었다. 처음에 마르틴은 어린 아들을 시골에 있는 누이에게 보낼까 하고 생각했지만 아들이 측은하다는 생각이 들었다. '어린 카피토시가 남의 집에서 자라야 한다면 힘들 거야. 내 곁에 두고 키워야겠어.'

마르틴은 주인을 떠나 어린 아들과 함께 셋방살이를 시작했다. 그러나 그는 자식 복이 없었다. 아들이 기쁨의 원천이자 지지자로서 아버지를 도울 만한 나이가 되자 곧 병이 나 일주일간 고열에 시달리고 앓다가 그만 죽고 말았다. 마르틴은 아들을 묻고 난 후 크나큰 절망에 빠져 하나님께 한탄했다. 슬픔 속에서 그는 늙은 자신은 살려 두고 하나뿐인 사랑하는 아들을 데려가 버렸다며 하나님을 원망했고 자신도 죽여 달라고 거듭 기도했다. 그 후로 마르틴은 교회에 나가는 것을 그만두었다.

어느 날 마르틴과 동향인인 한 노인이 그의 집에 들렀다. 노인은 팔 년째 순례 여행 중으로 트로이차 수도원에서 오는 길이었다. 마르틴은 노인에게 속마음을 터놓고 슬픈 사정 얘기를 했다.

마르틴이 말했다. "성도님, 저는 더 살고 싶지가 않습니다. 제가 하나님께 바라는 것은 그저 빨리 죽게 해주십사 하는 것입니다. 이제 저는 이 세상에 정녕 소망이 없습니다."

노인이 대답했다. "마르틴, 그렇게 말하면 안 되네. 우리가 하나님의 방법을 판단할 수는 없네. 우리의 이성이 아니라 하나님의 뜻이 결정하시는 것이지. 자네 아들이 죽고 자네가 사는 게 하나님의 뜻이라면 그게 최선인 것이네. 자네가 그렇게 절망하는 것은 자네가 자신의 행복을 위해 살려고 하기 때문이야."

"그렇다면 대체 무엇을 위해 살아야 합니까?" 마르틴이 물었다.

노인이 말했다. "하나님을 위해서지, 마르틴. 하나님이 자네에게 생명을 주셨으니 자네는 그분을 위해 살아야 하네. 하나님을 위해 사는 법을 알게 되면 더는 슬프지 않고 모든 게 쉬워질 걸세."

마르틴은 잠시 말이 없다가 이내 물었다. "어떻게 하면 하나님을 위해 살 수 있습니까?"

노인이 대답했다. "하나님을 위해 사는 법은 예수 그리스도를 통해 보여 주셨지. 글을 읽을 줄 아나? 그러면 복음서를 사서 읽어 보게. 거기서 하나님이 자네에게 원하시는 삶을 볼 있을 걸세. 거기에 다 있다네."

이 말이 마르틴의 가슴에 깊이 새겨졌다. 그는 그날로 바로 나가 큰 글자로 인쇄된 《신약성서》를 사와 읽기 시작했다.

처음에 그는 휴일에만 읽을 생각이었다. 그러나 성경을 읽어 마음이 편안해지자 날마다 읽었다. 때로는 등잔 기름이 다 떨어지는 것도 모른 채 성경 읽기에 몰두했다. 그는 계속해서 매일 밤 성경을 읽었고, 읽으면 읽을수록 하나님이 그에게 무엇을 바라시는지 그리고 어떻게 하나님을 위해 살 수 있는지가 분명히 이해되었다. 그의 마음은 점점 더 편안해졌다. 전에는 무거운 마음으로 침대에 누워 어린 카피토시를 생각하며 신음했지만 이제는 몇 번이고 되뇌였다. "하나님께 영광, 하나님께 영광, 오 주님! 주님의 뜻이 이루어지이다!" 하고 말이다.

이때부터 마르틴의 생활은 완전히 달라졌다. 예전에는 쉬는 날이면 선술집에 가서 차를 마셨고 보드카 한두 잔도 마다하지 않았다. 때로는 친구와 술 한 잔 걸친 뒤, 취하는 정도는 아니었어도, 기분이 어지간히 좋아져서 소리를 지르거나 욕설을 내뱉는 등 어리석은 말들을 하기도 했다. 이제, 그 모든 일은 그에게서 멀어졌다. 그의 삶은 평온했고 기쁨이 가득했다. 아침이면 일거리 앞에 앉았고, 그날 일을 마치면 등잔을 벽에서 내려 책상 위에 놓고는 선반에서 성경을 꺼내와 펼쳐 읽었다. 그는 읽으면 읽을수록 성경이 더 잘 이해되었고, 마음도 더욱 밝고 기뻐졌다.

한번은 마르틴이 밤늦게까지 성경 읽기에 몰두해 있었다. 누가복음을 읽는데, 6장의 다음 구절이 눈에 들어왔다.

"네 **뺨을** 치는 사람에게는 다른 쪽 **뺨도** 돌려대고, 네 **겉옷을** **빼앗는** 사람에게는 속옷도 거절하지 말아라. 너에게 달라는 사람에게는 주고, 네 것을 가져가는 사람에게서 도로 찾으려고 하지 말아라. 너희는 남에게 대접을 받고자 하는 대로 남을 대접하여라." (누가복음 6장 29-31절)

그는 또 예수께서 이렇게 말씀하시는 구절도 읽었다.

"어찌하여 너희는 나더러 '주님, 주님!' 하면서도, 내가 말하는 것은 행하지 않느냐? 내게 와서 내 말을 듣고 그대로 행하는 사람이 어떤 사람과 같은지를 너희에게 보여 주겠다. 그는 땅을 깊이 파고, 반석 위에다 기초를 놓고 집을 짓는 사람과 같다. 홍수가 나서 물살이 그 집에 들이쳐도, 그 집은 흔들리지도 않는다. 잘 지은 집이기 때문이다. 그러나 내 말을 듣고서도 그대로 행하지 않는 사람은, 기초 없이 맨 흙 위에다가 집을 지은 사람과 같다. 물살이 그 집에 들이치니, 그 집은 곧 무너져 버렸고, 그 집의 무너짐이 엄청났다." (누가복음 6장 46-49절)

마르틴은 이 말씀들을 읽으니 마음이 기뻤다. 안경을 벗어 성경책 위에 놓고서 책상에 팔꿈치를 괸 채 읽은 내용을 곰곰 잘 생각했다. 자신의 삶을 말씀에 비춰 돌아보며 스스로 물었다.

'나의 집은 반석 위에 세워져 있는가 아니면 모래 위에 세워져 있는가? 반석 위에 서 있다면 좋은 일이다. 혼자 있을 때는, 그리고 하나님의 명령을 지켰다고 생각할 때는 꽤 쉬운 것 같아. 그러나 경계를 멈추는 순간 다시 죄를 지어. 그래도 인내하겠어. 그것이 큰 기쁨을 준다. 하나님! 도와 주소서!'

그는 온통 이런 생각뿐이었다. 막 잠자리에 들려고 했지만 성경책을 덮기가 싫었다. 그래서 7장을 계속 읽었다. 백부장, 과부의 아들, 요한의 제자들에게 하시는 말씀이 나왔다. 이어서 부자 바리새인이 예수님을 집에 초대하는 대목에 이르렀다. 죄를 지은 여인이 예수님의 발에 향유를 붓고 그분의 발을 자신의 눈물로 닦았고, 예수님이 그녀를 용서하시는 장면이 나왔다. 44절에 이르러 그는 다음 구절을 읽었다.

"그런 다음에, 그 여자에게로 돌아서서, 시몬에게 말씀하셨다. '너는 이 여자를 보고 있는 거지? 내가 네 집에 들어왔을 때에, 너는 내게 발 씻을 물도 주지 않았다. 그러나 이 여자는 눈물로 내 발을 적시고, 자기 머리털로 닦았다. 너는 내게 입을 맞추지 않았으나, 이 여자는 들어와서부터 줄곧 내 발에 입을 맞추었다. 너는 내 머리에 기름을 발라 주지 않았으나, 이 여자는 내 발에 향유를 발랐다.'" (누가복음 7장 44-46절)

마르틴은 이 구절을 읽고 생각했다. '그는 그분이 발 씻을 물을 주지 않았고 입 맞추지 않았으며 머리에 기름도 붓지 않았다…' 마르틴은 또다시 안경을 벗어 성경책 위에 놓고서 생각에 잠겼다.

'이 바리새인은 틀림없이 나와 같았을 거야. 오로지 자기만 생각했어. 차를 마시고 제 몸을 따뜻하고 편하게 할 궁리만 했지 손님 생각은 조금도 하지 않았어. 제 몸만 돌보고 손님은 전혀 신경 쓰지 않았어. 그런데 그 손님은 누구였던가? 바로 예수 그리스도가 아니신가! 만일 그분이 내게 오셨다면 나도 그와 똑같이 행동하지 않았겠는가?'

마르틴은 팔을 베고 자기도 모르는 사이에 잠이 들었다.

"마르틴!" 갑자기 음성이 들렸다. 누가 그의 귀에 대고 이름을 속삭인 것 같았다.

그는 자다가 깜짝 놀라 물었다. "누구십니까?"
고개를 돌려 문가를 바라봤지만 아무도 없었다. 다시 물었다. 그러자 조용하면서도 분명한 소리가 들렸다. "마르틴, 마르틴! 내일 거리를 잘 보아라. 내가 갈 것이다."

마르틴은 정신을 차리고 의자에서 일어나 두 눈을 비볐다. 그러나 음성을 들은 게 꿈인지 생시인지 분간이 가질 않았다. 그는 등잔 불을 끄고서 자러 누웠다.

이튿날 아침 그는 동이 트기 전에 일어나 기도

를 드린 후 불을 지피고 양배추 수프와 메밀죽을 올렸다. 그다음에 찻주전자를 불 위에 올려 놓은 뒤, 앞치마를 두르고 창가 옆에 앉아 일을 시작했다. 마르틴은 앉아 일을 하면서 간밤에 일어난 일을 곰곰이 생각했다. 그게 꿈같기도 하면서 또 실제로 음성을 들은 것 같기도 했다. '그런 일은 일어나기도 하니까.' 하고 그는 생각했다.

그래서 그는 창가에 앉아 일을 하기보다 거리를 더 많이 내다 보았고, 낯선 신발을 신은 누군가가 지나갈 때마다 일을 멈추고 밖을 올려다보았다. 행인의 발만이 아니라 얼굴도 잘 보기 위해서 말이다. 새 펠트 부츠를 신은 문지기가 지나갔고 그다음엔 물장수가 지나갔다. 얼마 지나지 않아 니콜라이 1세 통치기의 노병이 손에 삽을 들고서 창가로 다가왔다. 마르틴은 신발을 보고 그를 알아봤다. 가죽을 덧댄 다 낡은 펠트 장화였다. 그는 스테파니치라는 노인으로, 이웃 상인이 불쌍히 여기고 집에 들여서 문지기 일을 도우며 살게 해주었다. 노인은 마르틴의 창문 앞에서부터 눈을 치우기 시작했다. 마르틴은 노인을 잠깐 보고 나서 다시 일을 했다.

"내가 나이가 들어 노망이 나나 보다." 마르틴은 공상에 빠졌던 자신을 향해 웃으며 말했다. "눈 치우러 오는 스테파니치를 보고 그리스도께서 나를 보러 오신다고 생각했다니… 노망난 늙은이가 따로 없구나!"

그러나 그는 열두 땀 정도 꿰매고 나서는 뭔가에 이끌리듯 다시 창밖으로 눈길을 돌렸다. 스테파니치가 삽을 벽에 세워둔 채 잠시 쉬는 또는 몸을 녹여보려는 듯한 모습이 보였다. 그는 늙고 몸도 성하지 않아 아무래도 눈을 치우는 일조차 힘에 부치는 것 같았다.

'그를 들어오라고 해서 차라도 대접할까? 주전자도 마침 끓고 있는데.' 하고 마르틴은 생각했다.

마르틴은 송곳을 그 자리에 박아 두고서, 주전자를 탁자에 갖다 놓고 차를 만들었다. 그런 다음 손가락으로 유리창을 두드렸다. 스테파니치가 돌아보고 창가로 왔다. 마르틴은 그에게 안으로 들어오라고 손짓한 뒤 문을 열었다.

마르틴이 말했다. "들어와서 몸 좀 녹이세요. 많이 춥잖아요."

"하나님의 축복이 있으시길!" 스테파니치가 말했다. "안 그래도 뼈마디가 다 쑤셨다오." 그는 먼저 눈을 털어 낸 뒤 들어와서는 바닥에 자국이 남지 않도록 신발을 닦았다. 그러다가 휘청 하고 넘어질 뻔했다.

마르틴이 말했다. "신발일랑 개의치 마세요. 바

닦이야 나중에 닦으면 되지요. 그거야 만날 하는 일인 걸요. 어서 앉아 차 좀 드십시오."

그는 큰 잔 두 개를 가득 채워 하나를 노인에게 건넸고, 자신도 넘치는 잔을 찻잔에 받쳐 들고서 후후 불어 가며 마셨다.

스테파니치는 잔을 다 비운 뒤 엎어 놓고서 그 위에 남은 설탕 조각을 얹었다. 그는 감사하다고 인사했지만, 조금 더 마시면 좋겠다는 기색이 역력했다.

"더 드세요." 마르틴이 노인과 자신의 잔을 채우며 말했다. 그러나 마르틴은 차를 마시면서도 계속 거리 쪽을 주시했다.

"누구 기다리고 계십니까?" 노인이 물었다.

"기다리냐고요? 그게, 말씀드리기 조금 부끄럽습니다만, 사실 딱히 누굴 기다리는 것은 아닙니다. 간밤에 뭔가를 들었는데, 그게 머릿속에서 떠나질 않습니다. 꿈이었는지 그저 제 상상이었는지도 잘 모르겠고요. 간밤에 복음서를 읽고 있었지요. 주 예수 그리스도께서 고난을 받으시고 이 땅에서 다니시던 내용이었어요. 아마 노인장도 들어보셨을 겁니다."

"들어봤지요. 하지만 저는 무지렁이라 글을 못 읽습니다." 스테파니치가 대답했다.

"그렇군요. 아무튼 예수님이 이 땅에 다니시던 내용을 읽고 있었습니다. 읽다가 그분을 제대로 영접하지 못한 바리새인이 나오는 대목까지 갔어요. 그런데 말이죠, 그 부분을 읽다가 바리새인은 왜 주님을 제대로 공경하지 못했을까 하는 생각이 들었습니다. 제 자신도 그 바리새인과 마찬가지로 그분을 제대로 영접하지 않았을 것 같다는 생각이 들었답니다!

그는 예수님을 전혀 환영하지 않은 사람이었습니다. 저는 그런 생각을 하다가 깜박 잠이 들었고, 졸다가 누가 제 이름을 부르는 소리를 들었어요. 잠에서 깼는데 누가 속삭이는 소리를 들은 것 같았지요. '기다려라, 내가 내일 가겠다' 하고 말이죠. 근데 그런 일이 두 번이나 일어났습니다. 사실대로 말씀드리면 그게 제 마음에 콕 박혀서, 부끄러움도 불사하고, 지금 이렇게 귀하신 주님을 기다리고 있는 중이랍니다!"

스테니치는 말없이 고개를 젓더니 잔에 든 차를 다 마시고 잔을 옆으로 뉘여 놨다. 마르틴은 그 잔을 세워 다시 차를 따랐다.

"한 잔 더 드세요. 조심하시고요! 저는 예수님이 이 땅에 계실 때 어떻게 행하셨는지를, 아무도 멸시하지 않고 대개 평범한 서민들과 함께 계셨음을 떠올렸습니다. 그분은 평범한 사람들과 함께하셨으며 우리처럼 일하는 노동자들, 죄인들 가운데서 제자들을 뽑으셨어요. 예수님이 말씀하셨지요. '자신을 높이는 자는 낮아지겠고, 자신을 낮추는 자는 높아지리라.'"

"이렇게도 말씀하셨어요. '너희가 나를 주라 부르니 내가 너희 발을 닦아 주겠다.' '첫째가 되고자 하는 자는 모든 사람을 섬겨라. 왜냐하면 가난하고 겸손하고 온유하고 자비를 베푸는 사람은 복이 있기 때문이다.'"

스테파니치는 차 마시는 것도 잊었다. 그는 쉽게 감동 받아 눈물을 흘리는 노인인지라, 마르틴의 이야기를 듣고 앉아 있자니 두 뺨으로 눈물이 흘러내렸다.

"어서 더 드세요." 마르틴이 말했다. 그러나 스테파니치는 가슴에 십자가 성호를 그었고, 마르틴에게 고맙다고 하면서 잔을 사양하고 일어났다.

"고마워요, 마르틴 아브제이치. 당신은 나의 영혼과 육신 모두에 양식과 위안을 베푸셨습니다." 노인이 말했다.

"별 말씀을요. 다음에 또 들러 주십시오. 저는 손님이 오시는 게 무척 기쁘답니다." 마르틴이 말했다.

스테파니치는 떠났다. 마르틴은 남은 차를 따라 마셨다. 그러고 나서 그릇을 치우고 작업대 앞에 앉아 신발 뒤축을 꿰맸다. 그렇게 작업을 하면서도, 그는 예수 그리스도를 기다리며 그분과 그분이 하신 일들을 생각했고 계속 창밖을 주시했다. 그의 머릿속은 온통 예수님의 말씀으로 가득했다.

군인 둘이 지나갔다. 한 명은 군화를 다른 한 명은 평범한 신발을 신고 있었다. 그다음에 윤나는 가죽을 덧댄 신발의 이웃집 주인이, 또 그다음에는 바구니를 든 빵장수가 지나갔다. 이들이 다 지나간 뒤 털 스타킹에 허름한 신발을 신은 한 여인이 나타났다. 그녀는 마르틴의 방 창가를 지나쳐 벽 앞에서 멈췄다. 마르틴이 창 아래서 올려다보니, 형편없는 옷차림에 외지인인 그녀는 품에 아기를 안고 있었다. 그녀는 바람이 부는 쪽을 등지고 벽을 마주하고 서서 아기를 감싸 따뜻하게 해주려 했지만 감쌀 것이 없었다. 여름옷 차림인데다 그마저 다 낡고 해진 것이었다. 아기 우는 소리가 창틈으로 새어들어왔다. 여자가 아무리 달래려 해도 아기는 울음을 그치지 않았다. 마르틴은 자리에서 일어나 문을 열고 계단을 올라가서는 여자를 불렀다.

"여보시오, 아기 엄마, 아기 엄마!"

여자가 소리를 듣고 돌아봤다.

"추운데 아기를 안고 왜 밖에 있어요? 안으로 들어오세요. 안에서는 아기를 챙기기가 좀 더 나을 겁니다. 이리로 들어오세요!"

여자는 앞치마를 두르고 안경을 코에 걸친 노인이 자신을 부르자 조금 놀랐지만 그를 따라 안으로 들어왔다.

계단을 내려가 작은 방으로 들어서자 노인은 여자를 침대 쪽으로 안내했다.

"아기 엄마, 거기 난로 가까이에 앉으세요. 몸 좀 녹이고 아기한테 젖도 물리시고요."

"젖이 안 나와요. 아침부터 아무것도 못 먹어서요." 그러면서도 여자는 아기에게 젖을 물렸다.

마르틴은 측은한 마음이 들어 고개를 저었다.

그는 큰 그릇 하나와 빵을 가져왔다. 그러고는 화덕을 열고 그릇에 양배추 수프를 부었다. 죽 냄비도 열어 봤지만 죽은 아직 끓지 않았다. 그래서 탁자에 식탁보를 깔고 수프와 빵만 차렸다.

"아기 엄마, 와서 드세요. 아기는 내가 볼 테니. 나도 애들을 키워 봐서 애를 볼 줄 알죠."

여자는 가슴에 십자가 성호를 긋고 나서 식탁 앞에 앉아 음식을 먹기 시작했다. 그동안 마르틴은 아기를 침대에 눕히고 그 옆에 앉았다. 그는 입으로 소리를 내며 아기를 얼러 보았지만 이가 없어 잘 되지 않았고, 아기는 계속 울어 댔다. 그래서 마르틴은 아기에게 손가락을 갖다 대는 시늉을 해보았다. 손가락을 아기의 입 쪽으로 가져갔다가 재빨리 뒤로 빼기를 반복했다. 그러면서도 구두약으로 새까매진 자신의 손가락이 아기의 입에 닿지 않도록 조심했다. 아기가 마르틴의 손가락을 보고 울음을 그쳤고 이내 웃기 시작했다. 마르틴은 무척 흐뭇했다.

여자는 음식을 먹으면서 이야기를 했다. 자신이 누구며 어디서 살았는지를 말이다.

"제 남편은 군인이에요. 팔 개월 전에 어디론가 멀리 파견됐는데, 그 후로 아무 소식이 없어요. 저는 식모살이를 했어요. 하지만 아기가 태어난 후로는 아이 딸린 저를 써주는 데가 없었어요. 지금까지 석달 동안 애써 봤지만 일자리를 못 얻었고, 음식을 구하느라 가진 것을 다 팔아야 했어요. 유모 자리도 구해 보려 했지만 제가 너무 야위고 허약해 보인다며 아무도 써주지 않았어요. 조금 전에는 어느 가게의 주인 아주머니를 뵙고 왔어요. (동네의 아는 아주머니가 그분 가게에서 일하고 있어요.) 저를 써주겠다고 약속하셨거든요. 저는 얘기가 다 된 줄 알았는데 주인 아주머니가 다음

주에나 오라고 하시네요. 그런데 너무나 먼 길을 오느라 저는 지치고 가여운 아기는 굶주린 상태예요. 다행히도 주인 아주머니께서 우리를 가엾게 보시고 무료로 머물 곳을 허락하셨어요. 안 그랬다면 저는 어떻게 해야 할지 도무지 몰랐을 거예요."

마르틴은 한숨을 쉬고 물었다. "따뜻한 옷은 없나요?"

"따뜻한 옷이 어떻게 남아 있겠어요? 마지막 남은 숄을 어제 6펜스에 저당 잡혔어요."

여자가 와서 아기를 안았다. 마르틴은 일어나 벽에 걸려 있는 옷가지 중에서 오래된 외투 한 벌을 가지고 왔다.

그가 말했다. "받아요. 낡고 오래되긴 했어도 아기를 감싸기에는 쓸 만할 겁니다."

여자는 외투를 보고 이어 노인을 바라보고는 눈물을 쏟으며 외투를 받았다. 마르틴은 돌아서서 침대 밑을 더듬어 작은 가방 하나를 꺼냈다. 그리고 가방 안을 뒤지더니 다시 여자 앞으로 왔다. 여자가 말했다.

"주님께서 할아버지를 축복하실 겁니다. 예수 그리스도께서 저를 할아버지의 창가로 보내신 게 분명해요. 그렇지 않았다면 우리 아기는 얼어 죽었을 거예요. 제가 집을 나설 때는 날씨가 포근했는데 갑자기 추워졌거든요. 분명 그리스도께서 할아버지가 창밖을 내다보고 비참한 저를 가엾게 여기도록 하신 게 틀림없어요!"

마르틴이 미소를 지으며 말했다. "그렇고 말고요. 바로 그분이 저를 그렇게 하게 하셨습니다. 제가 밖을 내다본 건 우연이 아니었지요."

그리고 마르틴은 자신의 꿈 이야기를, 그날 그를 만나러 오시겠다고 약속하신 주님의 음성을 들은 이야기를 했다.

"누가 알겠어요? 모든 것이 가능하니까요." 하고 여자가 말했다. 그리고 일어나 외투를 어깨에 걸쳐 자신과 아기를 감쌌다. 그러고는 고개 숙여 인사하고 마르틴에게 거듭 감사하다고 했다.

마르틴이 말했다. "그리스도를 위해 이걸 받으세요." 그러면서 여자에게 저당 잡힌 숄을 되찾을 수 있도록 6펜스를 주었다. 여자는 십자가 성호를 그었고 마르틴도 똑같이 했다. 마르틴은 여자를 문까지 배웅했다.

여자가 떠난 뒤 마르틴은 양배추 수프를 먹고 그릇을 치웠다. 그리고 다시 일을 하러 앉았다. 그는 앉아 일을 하면서도 잊지 않고 창밖을 주시했고, 그늘이 질 때마다 즉시 창밖을 올려다 보아 누구인지 확인했다. 그가 아는 사람들이 그리고 모르는 사람들이 오갔지만 특별한 사람은 없었다.

얼마 뒤 마르틴은 사과장수가 그의 창 앞에 멈춰 서는 것을 보았다. 그녀는 커다란 바구니를 들고 있었는데, 안에 사과는 그리 많아 보이지 않았다. 가져온 사과 대부분을 판 것 같았다. 등에는 집에 가져갈 나무토막이 가득 든 자루를 지고 있었다. 어느 공사장에서 주워 모았을 터였다. 그게 등에 배겼던지 자루를 다른 쪽 어깨에 바꿔 매려고 했다. 그래서 바구니를 말뚝에 올려 놓은 뒤 자루를 길바닥에 내려 놓고 나무토막들을 정리했다.

사과장수 여자가 그러는 사이, 다 해진 챙모자를 쓴 사내아이 하나가 달려와 바구니에서 사과 하나를 잡아채 그대로 도망치려 했다. 그러나 나이 많은 사과장수 여자가 알아채고 돌아서 사내아이의 옷소매를 붙잡았다. 사내아이는 버둥거리며 달아나려 했지만 노파가 두 손으로 꽉 붙들었고, 사내아이의 모자를 벗기고 귀를 움켜쥐었다. 아이는 비명을 질러 댔고, 노파는 욕을 퍼부어 댔다. 마르틴은 당장에 송곳을 아무데나 내던지고 문밖으로 뛰어나갔다. 너무 서두르는 통에 계단에서 발을 헛디뎠고 안경도 떨어뜨렸다. 노파는 사내아이의 머리채를 잡아 당기면서 욕을 하고 경찰서로 끌고 가겠다고 위협했다. 아이는 몸부림 치며 저항했다. "난 안 가져갔어요. 왜 때려요? 놔 줘요!"

마르틴이 두 사람을 떼어 놓았다. 사내애를 잡고서 노파에게 말했다. "애를 놔 줘요, 할멈. 그리스도를 위해 애를 용서해 주시오."

"오래도록 기억나게 녀석을 혼내 주겠어요! 이 악동 녀석을 경찰서로 끌고 갈 겁니다!"

마르틴이 노파에게 간청했다.

"할멈, 애를 놔 줘요. 얘도 다시는 안 그럴 겁니

다. 그리스도를 위해서 놔 줍시다!"

노파가 애를 놔 주었다. 그러자 아이가 달아나려 했는데, 마르틴이 멈춰 세웠다.

마르틴이 말했다. "할머니께 용서를 구해라! 그리고 다시는 그러지 마라. 네가 사과를 집는 걸 내가 봤단다."

아이는 울먹이며 용서를 구했다.

"그래, 됐다. 이제 이 사과 받아라." 마르틴은 바구니에서 사과 하나를 꺼내 아이에게 주었고 노파에게 말했다. "값은 내가 낼게요, 할멈."

"그러면 악동 녀석들 버릇만 나빠져요." 노파가 말했다. "저런 녀석은 일주일은 기억나도록 매질을 해야 한다구요."

마르틴이 말했다. "오, 할멈, 그건 우리의 방식

이지 하나님의 방식이 아닙니다. 애가 사과 하나 훔쳤다고 매질을 당해야 한다면, 많은 죄를 지은 우리는 어떤 일을 당해야겠습니까?"

노파는 아무 말도 못했다.

그러자 마르틴은 많은 빚을 진 종을 탕감해준 주인과, 그에 반해 탕감 받고 가서는 자신에게 빚 진 동료의 멱살을 잡아 옥에 가둔 종의 비유를 이야기했다. 노파는 이야기를 다 들었고, 아이도 그 옆에 가만히 서서 들었다.

마르틴이 말했다. "하나님은 우리에게 용서하라고 명령하셨어요. 용서하지 않으면 우리도 용서받지 못합니다. 모든 사람을 용서하세요. 특별히 철모르는 어린아이들을요."

노파는 고개를 저으며 한숨 쉬었다.

"그야 그렇지요. 하지만 아이들이 지독히도 버릇

이 없어 놔서요."

"그렇다면 우리 나이든 사람들이 좋은 본을 보여야지요." 하고 마르틴이 대꾸했다.

"내 말이 바로 그겁니다." 노파가 말했다. "나도 애가 일곱 있었는데, 지금은 딸 하나만 남았어요." 그리고 노파는 자신이 딸과 함께 현재 어디서 어떻게 사는지 또 손자손녀가 몇인지 이야기하기 시작했다. "이제 나는 기력도 얼마 없다오. 하지만 손자손녀들을 위해서 열심히 산답니다. 그 아이들 역시 참 착하고요. 그 아이들밖에 나를 보러 오는 사람도 없어요. 꼬맹이 애니는 내 곁에 꼭 붙어 있으려고 한답니다. '우리 할머니, 사랑하는 할머니, 내 사랑 할머니.' 하면서 말이죠." 노파는 손녀를 생각하자 마음이 완전히 누그러졌다.

"물론, 아이가 철없어서 한 짓이겠지요. 하나님이 이 아이를 도와주시기를…." 노파가 사내아이를 향해 말했다.

노파가 자루를 등에 메려고 하자, 사내아이가 재빨리 앞으로 나서며 말했다. "할머니, 제가 들어다 드릴게요. 저도 그쪽으로 가요."

노파는 고개를 끄덕이고서 자루를 사내아이의 등에 메어 주었다. 그리고 노파와 아이 두 사람은 함께 길을 갔다. 노파는 마르틴에게 사과값 받는 것도 까맣게 잊었다. 마르틴은 그 자리에 서서, 얘기를 나누며 함께 길을 가는 두 사람을 지켜보았다.

그들이 시야에서 사라지자 마르틴은 집안으로 돌아왔다. 계단에 떨어져 있는 멀쩡한 안경을 되찾았고, 송곳을 집어 들고 다시 일을 시작했다. 얼마 지나지 않아 잘 보이질 않아 가죽 구멍에 실을 꿸 수가 없었다. 그러고 보니 가로등지기가 가로

등에 불을 켜고 다니고 있었다.

'나도 불을 켜야겠군.' 마르틴은 생각했다. 그는 등잔의 불을 켜 걸어 놓고서 다시 일을 하러 앉았다. 신발 한 짝을 마무리한 뒤 돌려가며 살폈다. 만족스럽게 잘 되었다. 그는 도구들을 한데 모으고 자투리를 쓸고 실과 송곳들을 치운 다음 등잔을 내려 탁자 위에 놓았다.

그리고 선반에서 복음서를 꺼냈다. 그는 전날 가죽 끈 조각을 끼워 두었던 곳을 펼칠 생각이었는데, 다른 곳이 펴졌다. 성경을 펼치자 마르틴은 간밤의 꿈이 되살아났고, 이내 뒤에서 누가 움직이는 듯 발소리가 난 것 같았다. 그가 돌아보았더니, 어두운 구석에 사람들이 서 있는 것 같았지만 명확히 분간할 수는 없었다. 이어서 한 음성이 그의 귀에 속삭였다. "마르틴, 마르틴, 나를 모르겠느냐?"

"누구십니까?" 마르틴이 조용히 물었다.

"나이니라." 음성이 말했다. 그리고 어둠 속에서 스테파니치가 나와 미소를 지어 보인 뒤 연기처럼 사라졌다.

"나이니라." 음성이 또 들렸다. 그리고 어둠 속에서 아기를 안은 여자가 나타났다. 여자는 미소 지었고 아기는 까르르 웃었다. 그들도 이내 사라졌다.

"나이니라." 음성이 또다시 말했다. 그리고 노파와 사과를 든 아이가 나왔고, 둘 다 미소지었다. 그리고 나서 그들도 사라졌다.

마르틴의 영혼은 기쁨으로 환해졌다. 그는 가슴에 십자가 성호를 긋고는 안경을 쓰고 복음서의 펼쳐진 데를 읽기 시작했다. 펼쳐진 쪽의 맨 위 구절을 읽었다.

"너희는, 내가 주릴 때에 내게 먹을 것을 주었고, 목마를 때에 마실 것을 주었으며, 나그네로 있을 때에 영접하였고, 헐벗을 때에 입을 것을 주었고, 병들어 있을 때에 돌보아 주었고, 감옥에 갇혀 있을 때에 찾아 주었다." (마태복음 25장 35-36절)

그리고 맨 아래 구절을 읽었다.

"너희가 여기 내 형제자매 가운데 지극히 보잘 것 없는 사람 하나에게 한 것이 곧 내게 한 것이다." (마태복음 25장 40절)

마르틴은 자신의 꿈이 이뤄졌음을 깨달았다. 구세주 그리스도께서 그날 정말로 그를 찾아오셨고 자신이 그분을 잘 맞아들였다는 사실을.

레프 니콜라예비치 톨스토이

Lev Nikolayevich Tolstoy (1828 – 1910)

1828년 9월 9일, 러시아 남부의 귀족 집안에서 태어났다. 1852년 문학지에 자전적 중편소설 《유년 시절》을 발표하여 문학성을 인정받았고, 이어 《소년시절》과 《청년시절》을 썼다. 1853년에는 크림전쟁에 종군했다. 이때의 경험을 토대로 《세바스토폴 이야기》(1855-56)를 썼고, 1862년 결혼한 이후 문학에 전념해 《전쟁과 평화》《안나 카레니나》 등을 집필 세계적 작가로서의 명성을 얻었다.

40세 즈음 삶에 대해 회의를 느끼면서 원시 그리스도교 사상에 몰두했다. 사십대 후반 《참회록》(1879)을 출간했고, 1899년 대표작 《부활》과 중편 《이반 일리치의 죽음》(1886) 《크로이체르 소나타》(1889)를 통해 깊은 문학적 성취를 이뤘다. 노년에 사유재산 및 저작권 포기와 관련해 아내와 불화하면서 집을 떠나 폐렴을 앓다가 1910년 숨을 거뒀다.

그는 '국가'와 '정교회'의 위선과 타락을 비판하면서 인도주의와 무저항주의를 근간으로 '톨스토이즘'을 체계화했고, 그리스도의 가르침대로 실천하며 살고자 했으며, 문학작품을 통해 사회와 현실의 부조리를 비판하면서 깊은 통찰로 얻은 인생의 진리와 지혜를 아름답게 표현했다.

인간과 진리를 사랑한 19세기 러시아의 대문호 톨스토이의 단편 〈사랑이 있는 곳에 하나님이 계신다〉는 인생의 소박하면서도 참 진리인 그리스도교의 사랑을 짤막한 이야기에 실어 감동적으로 전한다.

도서출판 은혜의강의 책들

예수 그리스도의 생애 찰스 디킨스 지음

46판, 136쪽 | 12,000원

안데르센 동화 선집 한스 크리스티안 안데르센

46판, 178쪽 | 12,800원

아름다운 인생 동화 한스 크리스티안 안데르센, 오스카 와일드, 톨스토이

46판, 124쪽 | 10,800원

사랑이 있는 곳에 하나님이 계신다(영한대역) 레프 톨스토이

A5, 72쪽 | 8,500원

영어로 읽는 행복한 왕자 오스카 와일드 지음

A5, 72쪽 | 10,000원

영어로 읽는 어린 왕자 생텍쥐페리 지음

A5, 컬러, 202쪽 | 16,800원

3개 국어로 읽는 어린 왕자 생텍쥐페리 지음

A5, 274쪽 | 18,000원

영어로 읽는 주 예수의 생애 찰스 디킨스 지음
46판, 180쪽 | 14,800원

영어 성경 읽기, 요한서신 다니엘 번역팀 엮음
A5, 66쪽 | 10,000원

행복을 위한 성경 암송 습관(큰글씨) 다니엘 번역팀 엮음
A5, 112쪽 | 14,000원

행복을 위한 성경 암송 습관 다니엘 번역팀 엮음
46판, 112쪽 | 12,000원

영어 성경 암송 습관 다니엘 번역팀 엮음
46판, 220쪽 | 15,000원

프랑스어 성경 암송 습관 다니엘 번역팀 엮음
46판, 220쪽 | 15,000원

아름다운 인생 동화

발   행 | 2020년 12월 30일

지   음 | 한스 크리스티안 안데르센, 오스카 와일드, 레프 톨스토이

번   역 | 박선주

펴낸이 | 박선주

펴낸곳 | 도서출판 은혜의강

출판등록 | 2020.06.17.(제399-2020-000029호)

주   소 | 경기도 남양주시 오남읍 양지로240번길 38

전자우편 | monamiesunju@naver.com

블로그 | https://blog.naver.com/monamiesunju

ISBN | 979-11-91137-11-8

이 책은 저작권법에 따라 보호받는 저작물이므로 무단 전재와 복제를 금합니다.